ZHUOBI XIANYOU

搖筆閑遊

高伟 著

華中科技大學出版社
http://www.hustp.com
中国·武汉

图书在版编目(CIP)数据

拙笔闲游/高伟著. —武汉:华中科技大学出版社,2021.11
ISBN 978-7-5680-7623-4

Ⅰ. ①拙… Ⅱ. ①高… Ⅲ. ①诗集-中国-当代 Ⅳ. ①I227

中国版本图书馆 CIP 数据核字(2021)第 222475 号

拙笔闲游

Zhuobi Xianyou　　　　高　伟　著

策划编辑:余伯仲
责任编辑:戢凤平
封面设计:原色设计
责任监印:周治超
出版发行:华中科技大学出版社(中国·武汉)　　电话:(027)81321913
武汉市东湖新技术开发区华工科技园　　邮编:430223
录　　排:华中科技大学惠友文印中心
印　　刷:湖北新华印务有限公司
开　　本:710mm×1000mm　1/16
印　　张:14.75
字　　数:183 千字
版　　次:2021 年 11 月第 1 版第 1 次印刷
定　　价:49.80 元

序言

XUYAN

高伟是一位优秀的理工科教授、博士生导师，我们常有来往和交流，可谓忘年之交。他是一位开朗活跃、乐观豁达、为人正直、处事谦逊、热爱工作和生活的学者，他将科学精神和人文情怀融合起来，不仅在工作上有着骄人的业绩，而且在诗词和书法方面也显现出深邃且别具一格的造诣。

诗，是中华文化的重要组成部分，诗言志，志在心，言出成诗；诗抒情，加于物，情景交融。这本《拙笔闲游》是作者近些年特别是退休以来对社会、工作、生活、思想、心境、感悟等的一份真实记载。这些诗，或细柔若叮咚泉水，或奔放如江河，格调清新，感染力强。用字推敲斟酌并力求朴实，更借事阐理，借景抒情，借物吟德，从而增强了诗作的思想性、艺术性和哲理性。

在这本《拙笔闲游》中，有着许多可圈可点之处：

2020年年初，在新冠病毒肆虐，武汉关闭离汉通道期间，作者用大量的笔墨和浓浓的深情来颂扬战斗在抗疫第一线的各路英雄豪杰。《这些姑娘伢》写出了女护士的大爱与坚强；《留下》表达了对牺牲英烈的赞颂与缅怀；《致敬志愿者》描述了志愿者的情操与奉献；《春天将至》道出了众生的期盼与信心；《敬谢》捧出了武汉人民对抗疫“逆行者”的感激之心……同时，也展现了作者本人对抗疫工作的密切关注、高度重视、积极行动和捉笔而战的精神。

将临六十五岁退休时，作者的《暮途老马》《心淡依旧》《退休何行》《心莫老》《吾当行》《告别讲堂》《乐休》等几首诗述，展示了他乐观的心态、积极的信念、过往的慰藉、将来的追求，值得老年朋友品读。而《教师颂歌》：

攀无形之高峰，行无岸之逆流。
游无边之学海，历无怨之艰途。
耗无尽之心血，耕无垠之沃土。
育无负之栋才，乐无悔之归宿。

表现出教师这一职业的崇高境界。

《西南行》开启了作者人生新途，六十六岁的他积极响应教育部支边援教的银龄计划，重新披甲，赴云南临沧滇西科技师范学院支教。在支教期间，他不忘初心，牢记使命，再度焕发出他深驻的教育情怀，《人生重启》《新缘》《燃烛》《痴汉晚行》《教学督导》《备课》《临沧教学》《再行逍遥》《余晖》《续行》《讲课去》等诗篇，就折射出他对本职工作的忠诚，对教书育人的钟爱，对边疆支教的热忱，对老有所为的欣慰，反映出一位老教育工作者应有的思想境界、奉公情操和老骥伏枥的精神，令人敬佩！

《拙笔闲游》写出了作者对长辈、妻儿、同事、朋友、学生以及对工作和生活的一片真爱，对世事的真实认识与感悟，赞美了善心与善举，倡导了正行善为、修身利他、怀恩以报，颂扬了人间的美德。细细品味其中，给人一种真善美的精神享受和奋进向上的力量。

《拙笔闲游》中的一些诗，曾分别在“长江日报大武汉客户端”“今日头条”“爱上经典文学艺术”“湖北省朗诵艺术家协会”“三汇文学”“流岚雅苑”“西部故人来”“不惟读书”“阆苑明月清风”“芸芸喃语”“耘恺太极”等公众平台上登载或播出，深受读者与听众的好评。

中国工程院院士　张勇传
2021 年 6 月 28 日
于华中科技大学

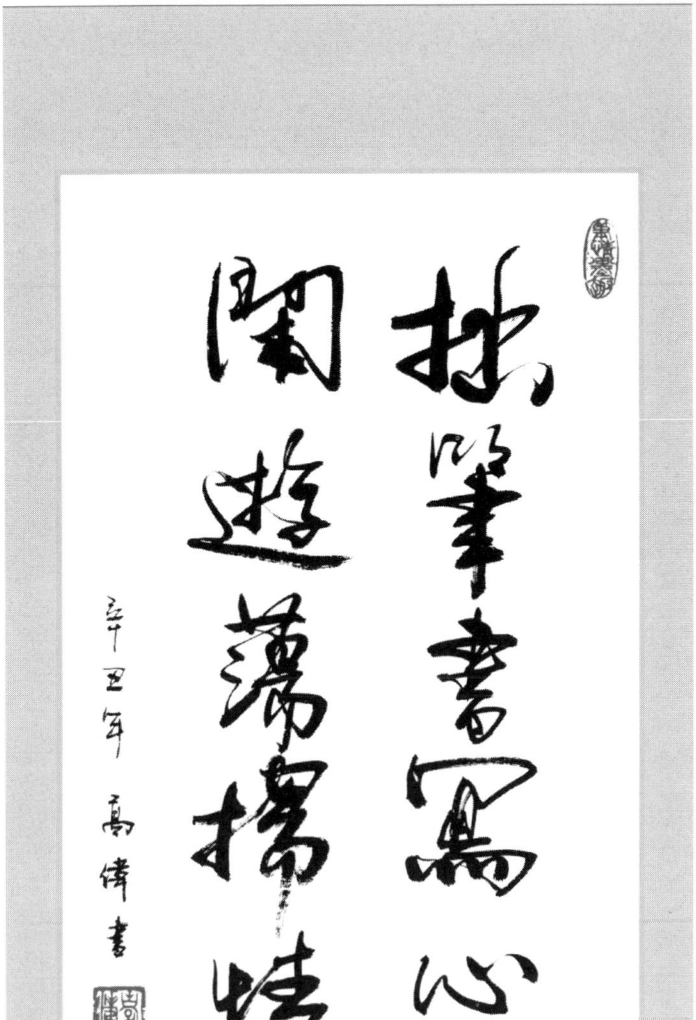
執筆書寫心境
閑遊蕩揚情懷
辛丑年 高偉書

目录

MULU

目录

作者印象

ZUOZHEYINXIANG

最近收到远在云南支教的高伟教授发来的《拙笔闲游》书稿，满怀激情，认真通读全文，令我感受良多。高君与我相知相交四十七载，知晓其为人质朴笃实，长年从事理工科教学与科研，硕果累累，造诣精深。但这次见到的却是内容丰富、整齐有序、厚厚的一本诗集，确实惊叹不已！

我与高君相识于1975年，两人都在华中工学院动力系主修热能动力专业，我俩先后留校任教，那时都住在青年园附近的男教工单身宿舍——教五舍。我们拿着碗一起去食堂吃饭，背起书包一起去上青年教师提高班的课，课余一起去操场打球……印象深刻的是，我们教五舍的十来位青年教师统一行动，都骑当时最时髦的二八自行车，浩浩荡荡地从学校教五舍出发，过长江到汉口转到宗关街参加高君的婚礼。真可谓，不惧路程遥远，只重兄弟情深。我们这帮兄弟相交几十年，弹指一挥间，不是亲兄弟，胜似亲兄弟。

在我早先的印象中，高君身高体健、有着一手高超的篮球技艺，曾是我们学校学生、教工篮球队的队员，且性格内敛，朴实心细，写得一手端庄清秀的好字，而如今的高君则开朗豁达，洒脱乐观。

尊师重教是中华传统美德之一，高君用自己的人半辈子践行着这一传统美德。记得高君与热工专业教研室的陈永谦老师是师徒关系，专门从事热工检测和发电厂自动化领域的教学和科研。尽管陈老师知识渊博，系一介布衣，无任何行政头衔，但高君极其尊重陈老师，视其为自己的长辈，在其门下虚心求学，并主动关照着陈老师的生活；而陈老师则视高君为最可信赖的好搭档。两人无论是在业务上，还是在心灵上都亲密无间。对待自己的本职工作和学生，高君则是尽其所能、毫无保留，既从理论和实践方面传授专业知识，更是以身作则地传授从善如流的优良品德，这从他的《寄语学生》一诗中可见一斑。栽什么树苗结什么果，撒什么种子开什么花。高君桃李满天下，有的在生产第一线，有的在教学第一线，有的在大型国企任高管，有的在高校任学术带头人，有的在民企中任老总……他们都在不同的岗位上为祖国的现代化建设添砖加瓦。

在百年不遇的新冠病毒最猖獗的庚子年，高君响应政府号召，宅在家中自觉隔离，但笔耕不辍，先后发表了《这些姑娘伢》《庚子抗疫》《留下》《致敬志愿者》等感人诗篇，用情真意切的诗句讴歌了舍生取义的逆行者，讴歌了无私奉献的志愿者，讴歌了中国共产党“人民至上”的执政理念，讴歌了我们伟大中华民族万众一心、患难与共的凝聚力，以及不屈不挠、共克时艰的必胜信念。在其精神鼓舞下，高君的弟子们，特别是武汉华科能源董事长张传虎先生在危难时刻显出身手，尽其所能，无私奉献，积极投入到支援抗疫工作之中，用实际行动谱写了大爱无垠的动人故事。

2020年10月，刚过六十六岁生日的高君，为响应教育部支援边疆的银龄计划，不顾疫情未了，怀着报效祖国教育事业的满腔热情、义无反顾地奔赴云南临沧滇西科技师范学院支教。诗集中《西南行》“岁至六十六，银龄履征途，支教重责在，披甲临沧游”，《人生重启》“人生重启无憾，余力用尽心甘，暮年赴命履职，有为边疆方欢”，实为其献身祖国教育事业拳拳之心的真实写照。

高君的专业是热能动力工程，他数十年如一日，凭借着对专业的一份热爱，凭借着对前沿科技知识的刻苦钻研，凭借着团结协作、无私奉献的团队精神，成功地将日新月异的计算机自动控制技术应用到现代热动装置之中、应用到大型发电厂的关键工艺流程之中。其间，既收获了教学成果奖，又收获了科研成果奖，还著书立说、服务社会。尤为可贵的是，还带出了一支品德优良、业务精湛、特别能战斗的青年教师队伍。在高君的身上，可以看到新中国培养的华科人明德、厚学、求是、创新的优秀品格。

真、善、美，排在首位的是真。诗集中字里行间处处流露的是一个字——真。对父母、师长的孝敬是真；对同胞、同学、同事的情谊是真；对子女、弟子的关爱是严更是真；理工科学子做学问最讲究的也是求真务实。本真立世间，洒脱似神仙。

读《拙笔闲游》的另一个深刻感受是，作为理工科的学者，高君居然能推出洋洋洒洒、十几万字的诗集，实属不易。从中我们可以看到高君一直在极其自觉地培养和提升自身的人文素质。这得感谢我们的母校，感谢我们的老校长杨叔子，是他多年前率先在华中科技大学对理工科学生倡导"人文素质教育"。

通常，人们退休后的生活是悠闲的，有的人无所事事，而高君的退休生活非常丰富，除了认真负责地完成各种社会兼职工作之外，还饶有兴趣地学习书法、诗词、太极拳及茶道等。"无事提笔舞墨玩，字拙情真理之阐。""翩翩招式起，拳拳太极心。""有闲翻书阅古今，无事品茗悟此生。"高君这种活到老、学到老的钻研精神，积极、乐观的生活态度，对丰富人们健康的晚年生活无疑是颇为有益的。

"夕阳无限好，人间重晚晴"。高伟教授几十年如一日脚踏实地，不懈努力，事业有成，家庭幸福，但行好事，广结善缘，至今仍服从组织派遣，赴西南边陲支教，可谓功德圆满。此次高君诗集出版，给我一个学习的机会，欣赏高君的诗文，也是一次心灵的交流，荣幸之至，写上几句肺腑之言，以贺之。

刘　勤

2021 年 7 月 4 日

于华中科技大学喻园

诗集

SHIJI

培养学生和子女，总会谈及能力问题。人的一生，需要众多能力予以支撑，能力的强弱，是决定我们的人生发展优劣的重要因素。能力非与生俱来，需要在长期的实践中培养与练就，更需要有增强能力的主动意识和目标。努力吧！有意培养自己的各种能力就是在主动发展自己的人生。评价一下自己，哪些能力短缺，乃是强化和塑造自己、需要自己下功夫的地方。

能　与　力

生活能力　生存能力　自理能力　适应能力
承受能力　鉴赏能力　学习能力　实践能力
思考能力　探究能力　创新能力　应用能力
工作能力　响应能力　动手能力　竞争能力
合作能力　展现能力　领导能力　决策能力
运筹能力　组织能力　凝聚能力　协调能力
自控能力　观察能力　辨识能力　选择能力
约束能力　避险能力　社交能力　沟通能力
活动能力　亲和能力　化解能力　应变能力

——2003 年 12 月作

寄语学生

对未知猎奇，对学机珍惜。
对进取谋思，对自我塑立。
对真理领悟，对新途力辟。
对当前负责，对未来启激。

2003 年 12 月作

为岳父翟守铭、岳母彭毓秀大人金婚纪念而题。

守　　爱

守爱生灵共志铭，
毓绘人生众之秀。
相濡以沫五十载，
续奉仁辉古稀后。

——2006 年 12 月作

注：岳父母皆为仁医。

善　　学

学习目标应攀高致远，
学习兴趣源求真获新。
学习投入须刻苦艰征，
学习态度必科学严谨。
学习习惯善勤思好问，
学习方法得寻规探进。

——2008 年 6 月作

父亲出生于一九三三年七月二十八日(农历六月六日),今年是他75岁寿辰,特留笔贺之。

恭贺吾父七十五寿辰

一生正气鞠躬尽瘁忠诚人民事业。
二袖清风勤勉自律秉直处事待人。
三生有幸屡渡艰险承蒙知己相助。
四世同堂倡行进取延展仁爱和谐。

——2008年7月作

父亲出生于湖北水乡洪湖的峰口镇,1949年进入湖北人民革命大学,自毕业后被组织分配到湖北省汉川以来,一直在汈汊湖畔的汉川工作和生活。离休后写下自己的回忆录《湖莲汉荷》,我特为该回忆录附上心语。

湖莲汉荷

播在汈汉洪湖莲,深扎沃土他乡种。
天赐蓬勃生命力,自生自强岂大同。
广吸天地之灵气,海纳自然之恩宠。
长依万物之相衬,久承湖泊之水重。
出自污泥身不染,体附棘刺不殃忠。
心纯体洁垂直长,执着破水见苍穹。
荷映汉湖水更绿,花缀叶上格外红。
白昼黑夜守其位,骄阳风雨傲如松。
夏绘水乡景致美,秋献香莲成果丰。
花叶相伴润和谐,醉在佳境非酒翁。

——2008年11月作

贺毕业生读博再深造。

续　　飞

多年寒窗初渡毕，
续进殿堂再登极。
不厌学海苦涩腻，
志求腾飞能与力。

——2011 年 8 月作

寄语成家之子

重事业　求上进　寻真谛
爱生活　学生存　勤努力
尊长辈　敬对方　懂礼仪
守原则　服道理　存谐意
识大体　见长处　勿猜忌
避任性　求大同　化小异
持大度　解盾戟　少动气
勤沟通　互关爱　造生机

——2011 年 10 月作

以正为人

正品　正德　正规　正派
正念　正思　正道　正行
正直　正气　正当　正义

正学　正为　正理　正言
正视　正察　正对　正处
正位　正态　正友　正礼
正时　正度　正娱　正己

——2012 年 1 月作

人 生 价 值

人生之价值并非全在于奉献，
因为奉献的东西并不一定全有价值。
人生之价值在于你可被利用，
只有被利用方能体现其价值。
一旦你未被利用，
你将失去其价值。
被正道所利用将体现出正能量价值，
被歪道而利用体现的是负能量价值。
选道有异，
价值天壤之别。
想做一个有价值的人，必须——
奠定可被利用的基础，
创造可被利用的条件，
抓住可被利用的机遇，
赋予可被利用的潜能。

——2012 年 3 月作

自　　勉

志高　思远　德正　理恒
心静　胸豁　脑勤　神注
道善　行智　事躬　履精
气平　态和　步实　手犀
友诚　诺兑　异忍　礼宽
长孝　弱扶　情真　常悟

——2014 年 5 月作

诫　　训

志不强者智不达，
思不勤者慧不深。
言不信者行不果，
道不恭者事不成。

——2015 年 9 月作

儿子带病在英国访学，承受极大的心理和工作压力，交流中送他几句，希望他学习时，能放下眼前的一切，专心致志，生活时，能放下学习的困惑，享受人生！

且 行 且 嘻

身体为重，力所能及。万事坦然，无须心悸。
不必先忧，渐行出绩。笑对人生，困障抛弃。

一步一乐，品味长处。科学安排，劳中亦逸。
放松心情，可获助益。事大事小，人为定义。
审势度事，方可排急。眼前一切，勿当荆棘。
犹如踏青，且行且嘻。钱财物事，不可太迷。
体魄情绪，人之支力。释放本性，驱赶压抑。
激活热情，寻谋兴趣。走进自然，采纳灵气。
丰富生活，洒脱亮丽。心宽体康，利于学习。

——2016 年 1 月 7 日作

2016 年春节回乡，老同学聚集，建立一微信群，有感留之。

微　信　群

忙时潜水，闲时冒泡。
有事交流，无事逗笑。
沟通信息，交流爱好。
增进团结，友间热闹。

——2016 年 2 月 10 日作

春节相聚，欢畅之余，静思浅感。

童 真 无 价

年过六十花甲，满头绽放华发。
回眸青春年少，天真无知非瑕。
同窗共度冬夏，毕业苦奔天涯。
儿时友情珍存，未止发酵升华。

一生蹉跎皆下，童真回归无价。
吾君惜身惜缘，老来依焕潇洒。

——2016 年 2 月 11 日作

夜起狂风，吾妻特惧，惦记远处英国陪儿访学的她，驱笔问之。

惜　　君

吾闻风起惜婆娘，
不知君否适他乡。
但愿自理求舒畅，
保重贵体伴儿郎。

——2016 年 2 月 13 日作

妻赴英国，情人节送来玫瑰，有感而发。

臻爱续情

送来玫瑰带来香，情意浓厚且绵长。
人生难得知己赏，存得臻爱续情旺。

——2016 年 2 月 14 日作

立　　身

立身以立学为先，立学以读书为本。
读书以悟理为髓，悟理以勤思为道。

——2016 年 3 月作

答子女责吾严。

严有何罪

无眠！心碎！向天洒泪！
何以面对？谁过？谁非？
抱怨我们，我们哪里愧对？
吃喝拉撒睡，样样入微，
从未受寒挨饿，
从未穷途囧境受连累。
要求严格何以是罪？
古往今来，
严乃育才正品之必备！
严乃正轨前行之姊妹！
省如今成就的一切：
人品德行——行在正轨；
学业顺升——赢人口碑；
学识业绩——让人赞佩；
就业留学——如意愿随。
……
岂无严的回味？！
严的感觉多有苦涩，
严的收获多有欣慰。
受益是谁？
劳神是谁？
何人值得领罪？……

——2016 年 3 月 12 日作

与儿碎语

一个人，
特别是一个男人，要有：
阳刚之气，吞山之肚，宽容之量，厚德之心；
洒脱之风，无畏之胆，儒雅之度，善良之美。
眼中无难事，心中无怕事，
时时无慌事，事事无啥事，
泰然自若，坦然面对。
人生在世终须归，走此一遭带乐回！
活就活得充充实实，活就活得纯纯粹粹。
活得无憾，活得爽快。
活得精神，活得有味。
不惧怕挡不住的灾难，不纠结理不清的乱麻。
不担心干不完的琐事，不计较止不住的闲碎。
泰山压顶而不屈，急流冲击而不移。
狂风劲吹而不折，灾祸降临而不畏。
喜到平静而不狂，悲降抑哀而不衰。
胜来淡然而不骄，败临坚强而不馁。
善施甘露于斯人，报以琼浆将恩慰。
懂得知足，知道感恩，凭心以对。
珍惜最亲近的人，善以回馈！

——2016 年 3 月 13 日作

踏　青

正值樱花盛开时，
恰逢杨柳扭翠枝。
繁花众木织彩锦，
风送清香游人痴。

——2016 年 3 月 15 日作

面对疾病

对待疾病，我的态度是：

一是正视，疾病是个人体质与自然、环境、生活习惯不相适应的产物，因人而异发生之，既是不幸，也是客观现实，既来之，则安之。

二是不怕，疾病降临而产生恐惧无济于事，它只会增加人的思想包袱和心理负担，导致人的精神抑郁，不单对治疗疾病有害无益，反而火上浇油，不可取之。

三是征服，面对疾病只有采取积极主动、乐观坚定的态度，配合医生科学施治，结合现实调整生活，振作精神焕发本能，坚持不懈步进抽丝，方利于征服之。

——2016 年 3 月 20 日作

我们会经常回忆过去，对各种经历的回忆有着各种不同的感受和滋味，从回忆中我们应获取什么？

回　味

回味美好珍惜我们的幸福，
回味平淡激昂我们的志趣。
回味苦涩拓展我们的胸襟，
回味艰辛培植我们的刚毅。

——2016 年 4 月 10 日作

如　神

我持一壶酒，借此慰风尘。
何吟二袖清，知足常乐人。
友朋三五个，小酌笑趣生。
容得四海味，无时不如神。

——2016 年 5 月 16 日作

夏赏荷花

骄阳之下泛红霞，
风雨之中显清雅。
出于污泥守自洁，
相伴绿叶姿挺拔。

——2016 年 7 月 10 日作

贺妻子翟钰六十岁生日。

傲雪之梅

梅傲风雪开，
汝携美福来。
梅雪相映互守待，
迎得春光又一载。
枝老壮，
花不败，
艳容风骨久不衰。
苦寒独自耐，
丹心终未改，
洒予世间尽为爱。

——2016 年 12 月 23 日作

势强途正

通达必聚潜能催，
积厚方可施大为。
势强途误曲折多，
贪走捷径意愿非。

——2016 年 12 月 25 日作

自知而安

山有山的高度，水有水的欢流。
风有风的和畅，云有云的轻柔。
花有花的姿色，草有草的青幽。
人有人的风采，各有各的存由。
世间万物皆美，岂能全揽尽收。
知足奉为佳道，无须贪迷攀图。
吾循随遇而安，何来自愧多愁。
依心无憾而行，修德养性延寿。

——2017 年 4 月作于喻园■

2020 年 5 月 22 日在“西部故人来”公众平台第 150 期发表。

赋　闲

一壶清茶消困忧，一杯浊酒解乏愁。
一支妙曲怡神往，一杆墨笔随心游。
一屏微信会挚友，一封邮件促交流。
一帮朋友常相走，一副麻将偶练头。
一股亲情儿孙逗，一桌美味手艺露。
一份意缘山川走，一张美照好景留。
一缕牵挂念老友，一段真情常回首。
一路共行蹉跎有，一生操守秉善途。

——2017 年 7 月作■

品冰菊茶

一朵冰菊一杯茶，
一簇绣球橙水踏。
一股清香淡雅爽，
一口品来精神发。

——2017 年 10 月作■

茶省

静品一杯馨香醇茶，
参省一生红尘艰杂。
弃舍一切奢图羁绊，
悟修一片淡净心榻。

——2017 年 11 月作■

当存心少

世间走一遭，甘苦皆尝到。
勿与人比高，自强乃天道。
岁伴年逝飘，体随岁失俏。
终有痼疾绕，唯存心还少。

——2017 年 11 月作■

助　孙　苗

孙辈撒欢吾辈乐，
吾辈辛劳孙甜多。
深知吾生何寄孙，
情甘付出助孙苗。

——2017 年 12 月 23 日作■

修　　心

感恩过去遗憾少，
珍惜现在知足多。
修得将来心净平，
祈祷终了魂泰和。

——2017 年 12 月 25 日作■

快　意　行

处杂世凡尘，坐闲居陋室。
品馨香山茶，听徐来梵音。
思何以善为，省欠足之劲。
存禅心我怀，择畅快而行。

——2017 年 12 月 29 日作■

父　母　恩

父具天宇宏势，领吾正阳善行。
母有神性光辉，惠吾一路通明。

——2018 年 1 月作

夕　阳　红

斗转星移历时空，沉静温馨且从容。
知足明了又坦然，最美还在夕阳红。

——2018 年 1 月作

2020 年 6 月 18 日在“阆苑明月清风”公众平台第 15 期第 24 篇发表。

辞　旧　年

（一）

腊月二十八，阳光满地趴。
唤春迎新岁，贺友来年发。

——2018 年 2 月 13 日作

（二）

腊月二十九，畅饮浓甘酒。
烈劲驱晦去，醉入美境游。

——2018 年 2 月 14 日作

（三）

腊月三十到，万户皆热闹。
喜庆耕耘丰，举杯尽美肴。

——2018 年 2 月 15 日作■

春　临

细雨朦胧半遮山，清风舞裳倘渗寒。
樟绿鸟欢松柏劲，竹翠梅香迎春还。

——2018 年 2 月 18 日农历正月初三作■

2020 年 5 月 21 日在“不惟读书”公众平台发表。

思　亲

时逢春节静思亲，斟杯洒酒慰天灵。
遥祈天国双亲好，子遵教诲岂负恩。

——2018 年 2 月 19 日农历正月初四作■

习　字

鉴章借法而习，笔随心欲而游。
寻静处幽为乐，修心养德为求。

——2018 年 2 月 22 日作■

2020 年 5 月 25 日在“阆苑明月清风”公众平台发表。

何处

酒与知己饮，茶同雅友品。
事和众人共，利让为者盈。

——2018 年 2 月 24 日作

品藏茶

川中藏茶，历久悠长，煮上一壶，醇厚弥香。
盛杯观赏，澄泽清亮，细品其味，诸道皆藏。
苦涩均有，余后甘旺，消食去腻，气平血畅。
提神醒脑，抑操心放，诱君难舍，喝了还想。

——2018 年 2 月 25 日作

写在大学同学小聚后分手时。

兴旧怀

毕业四十载，恋情何以衰？
掸去世间尘，息劳兴旧怀。

——2018 年 3 月 9 日作

灵物四君

梅兰竹菊，灵物四君，
骨傲气香，刚柔淡清。
优雅立世，彰透神韵，
特质诱人，借之品兴。

——2018年3月10日作

春　钓

玉兰茶花满枝头，
桃花春雨暖水流。
蓑衣老翁一钓竿，
静享美意何事愁？

——2018年3月13日作

2020年5月21日在“不惟读书”公众平台发表。

赠大妹60岁生日

人生已过一花甲，
回味尽有苦甜辣。
淡漠过往烦恼事，
身保安康心升华。

——2018年3月18日作

春　景

风和拂面轻，日丽杨柳新，鸟语生机旺，花香透肺沁。
山清万木兴，水秀湖湾清，天蓝白云游，地灵不负春。

——2018 年 3 月 18 日作■

2020 年 5 月 21 日在“不惟读书”公众平台发表。

渡

踏踏实实走好现在的每一步，
坦坦然然面对将临的每一刻。
美美满满充实阴晴的每一天，
平平静静笑度甘苦的每一年。

——2018 年 4 月 3 日作■

2020 年 5 月 25 日在“芸芸喃语”公众平台发表。

祭奠好友黄树红

清明祭树红，惜君悲切痛。
忠骨镇青山，德魂众吟颂。

——2018 年 4 月 4 日作■

清　明　祭

清明，天阴，雨纷纷，
清风，闷雷，心沉沉。
焚香供果祭故人，
泪涌心田刻思痕。
至亲魂犹在，音容留世尘。
烟袅寄哀思，子孙长怀恩。
冥间亲人安息好，
在世吾辈不枉生，
不负祖上愿，美德鸿志承。

——2018 年 4 月 5 日作

武汉光谷

宽敞马路纵横齐，现代建筑雄姿立。
车水马龙人流涌，科技教育聚团集。
昼见群英争朝夕，夜绽霓虹华丽溢。
高新产业如春笋，光谷实属沃土地。

——2018 年 4 月 6 日作

2020 年 9 月 4 日在“阆苑明月清风”公众平台第 34 期第 65 篇发表。

念　　春

风和杨柳青，日丽百鸟鸣。
众花齐斗妍，万象始更新。

——2018 年 4 月 30 日作

四　季　美

春燕伴柳青，夏塘绿荷映。
秋实金色灿，冬雪梅披银。

——2018 年 5 月 5 日作■

■

为儿题之。

何　　至

获取身外之物，勿强求非刻意。
尽心尽力正为，随缘随份而至。
积淀身内素养，久追求长修炼。
诚心诚意善行，勤作勤为而至。

——2018 年 5 月 16 日作■

2020 年 5 月 20 日在“阆苑明月清风”公众平台发表。

练 太 极 拳

天地人合一，静净敬于心。
意气形相融，松柔劲互映。

——2018 年 7 月 2 日作■

2020 年 5 月 25 日在“阆苑明月清风”公众平台发表。

逆　进

风吹青松更劲，
雨打荷叶更青。
水在小溪更净，
人斗逆境更硬。

——2018 年 7 月 6 日作

2020 年 5 月 25 日在“芸芸喃语”公众平台发表。

择　为

人生诱惑无穷多，
追求只可有限个。
切勿好事皆想拥，
真心舍得方有获。

——2018 年 7 月 7 日作

2020 年 8 月 3 日在“阆苑明月清风”公众平台第 29 期第 51 篇发表。

观赏辨识

静观天地丽日云变，
学赏自然风光美点。
会辨人世真假善恶，
当识行途甘畅苦险。

——2018 年 7 月 8 日作

2020 年 8 月 3 日在“阆苑明月清风”公众平台第 29 期第 51 篇发表。

谦　　行

年龄越大越当少，
知识越多越示拙。
地位越高越沉低，
荣耀越丰越谦和。

——2018 年 7 月 9 日作■

2020 年 6 月 18 日在“不惟读书”公众平台第 6 期第 2 篇发表。

闲　　处

给自己闲暇，泡一壶好茶。
品草青花妍，尝轻风淡霞。

——2018 年 7 月 10 日作■

2020 年 5 月 25 日在“阆苑明月清风”公众平台发表。

轻　　摇

暑日如燃薪，摇扇缓而轻。
悠出清幽风，拂灭燥热心。

——2018 年 7 月 28 日作■

2020 年 5 月 25 日在“阆苑明月清风”公众平台发表。

贤才淑女

天赐丽质美貌倾，
云裳轻撩秀步盈。
温慧理贤和润世，
诗舞史书有禅心。

——2018 年 7 月作

昆明开会，腰疾重犯，席坐窗前，观近眺远，闲来多思，孤省独叹。

孤思

花甲满后体渐衰，
精力现短常有呆。
非忧余生思过往，
焕以往神行未来。

——2018 年 7 月 31 日作

思双亲

泪如秋雨，思如潮涌，
万木为香，孝拜父母。
生前恩育，长存心中，
音容笑貌，久映彩虹！

——2018 年 8 月 7 日母亲祭日作

今为 18,8,18,8 之吉日,祝福各位好友:

吉日图发

要发发,要发发! 天巧合,地增华。
人欢喜,福到家, 体康健,心开花。
子孙乐,围膝下, 老伴随,不愁啥。
家和旺,事顺达, 祝好友,乐哈哈。

——2018 年 8 月 18 日(初八)作

中元节怀念

燃心灯一盏祭拜双亲,
寄哀思一片缅怀深情。
谢百恩以父母为本源,
行百善以奉孝为先行。

——2018 年 8 月 25 日作

悠为

操锅盘碗盏献艺,习童书玩具弄孙。
品茶香茗味养神,泼翰墨金粉写意。
游山川湖海舒情,会好友亲朋爽心。
扶后辈弟子承业,修禅心善德与世。

——2018 年 8 月 27 日作

修　为

忍辱出相好，善良美气质。
任性毁资本，谦和得丰资。
赢理勿损人，宽容扩恩池。
敬孝为德源，助人添福至。

——2018 年 8 月 29 日作■

2020 年 5 月 20 日在“阅苑明月清风”公众平台发表。

乘高铁南下

厢内舒适敞亮，窗外田园风光。
时进三百公里，瞬观南北两样。

——2018 年 9 月 11 日作■

借竹悟道

根扎泥土抱团生，
叶茂杆直冲天呈。
人接地气聚友广，
思丰气正业方盛。

——2018 年 9 月 17 日作■

观 儿 孙

孙骑儿之腿，问如悬河坠。
爷乐两交融，儿将孙心催。

——2018 年 9 月 22 日作■

中 秋 夜

皓月净空淡星影，
青山小船映湖镜。
秋风桂香伴菊艳，
竹下清茶作酒饮。

——2018 年 9 月 24 日中秋节作■

快 与 乐

人在一睁一闭瞬间，
眨眼一生一下过去。
看重一得一失何用，
随缘一事一乐方舒。

——2018 年 9 月 27 日作■

2020 年 5 月 20 日在"阆苑明月清风"公众平台发表。

水 之 语

你高，我便退去，决不淹没你的优点。
你低，我便涌来，决不暴露你的缺陷。
你碍，我便避绕，决不冲刷你的底线。
你敞，我便顺势，决不无视你的导牵。
你动，我便随行，决不影响你的奔溅。
你静，我便守伴，决不破坏你的宁甜。
你热，我便蒸腾，决不阻碍你的展现。
你冷，我便凝固，决不漠视你的冰点。
我呀，虽有万变，可始终——
顺应天意，善爱人间；
滋养万物，浇润心田。

——2018 年 9 月 28 日作

2020 年 5 月 26 日在“不惟读书”公众平台新版第 1 期第 2 篇发表。

醉 于 山 水

青草绿缛争茂生，百花亮奇斗艳层。
佳木葱茏竞攀长，惠风和畅袭游人。
山峦起伏秀美神，溪水潺潺清流腾。
虫鸟跃动谐韵声，诱吾陶醉又迷魂。

——2018 年 10 月 2 日作

夕阳美哉

晚霞灿烂，夕阳尤美。美在自然，非造非垒。
美在沉静，映山映水。美在从容，缘遇缘随。
美在知足，无求无追。美在坦然，任游任飞。
美在明了，知神知鬼。美在宽宏，容暗容退。
美在豁达，乐隐乐辉。夕阳美哉，黄昏留美。

——2018 年 10 月 5 日作■

2020 年 6 月 18 日在“阅苑明月清风”公众平台第 15 期第 24 篇发表。

生日心迹

短信载情雪片飞，纯厚心礼皆贺岁。
何德何能劳众朋，醉意之中觉愧对。

——2018 年 10 月 9 日生日作■

别这样

不因走过逆境而生怨，不因吃过苦头而后悔。
不因受过委屈而泄愤，不因承过重压而消沉。
不因闯过难关而得意，不因出过成就而自傲。
不因获过荣耀而失本，不因有过富足而飘然。
不因流过光阴而忘情，不因时过黄昏而无趣。

——2018 年 10 月 9 日作■

2020 年 5 月 25 在“芸芸喃语”公众平台发表。

何　为　贵

老来明白何为贵，
非名非利非地位。
保得一副好身体，
友亲家和心任飞。

——2018 年 10 月 12 日作

晚秋银杏

银杏叶黄饰晚秋，
金林俏美姿色秀。
临冬凉风吹叶落，
且将余色绘锦途。

——2018 年 10 月 28 日作

与　友　饮

醉意浓，眼朦胧，
好友劝进一杯酒，不负情谊一口空。
有缘在，喜相逢，
何惧疲惫心宽松，不言巧语在杯中。

——2018 年 11 月 3 日作

2020 年 7 月 1 日在“阅苑明月清风”公众平台第 19 期发表。

片　　思

凝思亘古不语的高山，雄伟坚毅从何来？
畅想广袤无垠的大海，博大包容为何在？
品鉴诸味杂混的生活，甘苦荣辱何以待？
参悟平凡深刻的人生，言行取舍何为界？
不碍！不碍！
修积善德扩宽怀，常持淡静好心态。
慷慨施世以真爱，岂无人生多有快！

——2018 年 11 月 13 日作

2020 年 7 月 11 日在“不惟读书”公众平台第 12 期第 2 篇发表。

面　　终

人生必终自然路，坦然而去乐其途。
先祖在上吾自省，无愧以对便安游。

——2018 年 11 月 16 日作

暮途老马

西下阳，天苍茫，瘦马暮途舞尘扬。
何知归途有多远，尽心竭力奋蹄忙。
心静敞，气顺畅，淡漠尘世舒性往。
有限光阴争朝夕，无须催鞭自高亢。

——2018 年 11 月 30 日作

2020 年 7 月 11 日在“不惟读书”公众平台第 12 期第 2 篇发表。

心淡依旧

银杏黄，枫叶红，松柏依然绿葱茏。
寒霜降，雾色浓，百鸟还在翔天空。
荷杆枯，塘冰封，鱼儿欢游在水中。
人虽老，体态臃，心淡依旧处轻松。

——2018 年 12 月 1 日作■

向　　前

新境何必理旧往，
转念即获好希望。
朝去夕至莫觉老，
向前依然沐春光。

——2018 年 12 月 8 日作■

2020 年 8 月 29 日在“不惟读书”公众平台第 20 期第 2 篇发表。

安　　渡

人生无绝望，只要莫自愁。
生活无尽头，且要看得透。
难事莫畏事，希望扎心头。
万事若无事，苦海便安渡。

——2018 年 12 月 9 日作■

2020 年 8 月 29 日在“不惟读书”公众平台第 20 期第 2 篇发表。

气　质

不懦不屈、有理有节之风度，
平静淡然、常悟人生之修养。
尊重他人、化解矛盾之心胸，
珍惜生活、善待别人之境界。
蕴含爱心、宽厚处世之美德，
挺直脊梁、自克己误之勇气。
补人之短、谅人之过之襟怀，
解人之难、扬人之长之正为。

——2018 年 12 月 15 日作■

心　归　零

往事不必太计较，爱恨随意任其了。
且当适时心归零，清忧清虑清烦恼。

——2018 年 12 月 16 日作■

2020 年 6 月 18 日在“不惟读书”公众平台第 6 期第 2 篇发表。

辞年酒会

美酒美味美中醉，醉人醉己醉增岁。
岁去岁来岁载情，情深情长情至美。

——2018 年 12 月 26 日作■

2020 年 7 月 1 日在“阅苑明月清风”公众平台第 19 期发表。

失　眠

夜沉长，天寒凉，
一梦醒来神清爽。
仰面盯大梁，奈何熬天亮。
恨已年迈，觉多实眠不长。
枉到闲时，难将憨睡清享。
翻来床榻响，覆去被温降。
抑心平气，仍如卧杀场。
倒不如情纵放，起身进书房，挥毫理叙畅。
待到困意缠身时，任我随性躺。

——2019 年 2 月 23 日作

致　远　友

相遇不论早与晚，相敬在于心灵通。
千里之遥何以阻，万缕牵挂出由衷。

——2019 年 2 月 27 日作

送友乘机赴川

远行，奔着事业去！
高飞，冲着梦想游！
来回于川楚，
盘旋在神州。
不舍的是一帮挚友，

眷恋犹如永牵的手！
待到相见时，
欢叙豪饮酒！

——2019年2月28日作■

春雨

临窗细雨轻，远眺朦胧镜。
去冬至今春，难见近山顶。
龙王泪结亲，菩萨甘露淋。
哪知凡间苦，数月难见晴。

——2019年3月1日作■

2020年5月21日在“不惟读书”公众平台发表。

朋友铭

位不在高，有缘则投。
识不在早，有情则够。
斯是知音，惟吾心求。
居德品行正，怀才仁道游。
别时有思念，相聚无怨愁。
可以叙衷肠，侃而逗。
无回馈之帮扶，
无利益之所图。
桃园三结义，梁山好汉稠，
比之云：何胜此友？

——2019年3月5日作■

2020年4月14日在“西部故人来”公众平台第145期发表。

两节同聚

巨龙抬头，神女出游。
时逢佳节，喜贯琼楼。

——己亥二月初二(三八节)作■

行于气

淡泊图致远，修身立正气。闲下多读书，博览凝才气。
己行守原则，自律固底气。困围能负重，忍辱蓄志气。
逢事善运筹，周密用智气。众前慎言行，低调养清气。
处世应平易，勿争添和气。交友重情义，慷慨增人气。
道正当无畏，抗邪彰霸气。难前勿退缩，担当有勇气。
扑的须迅猛，干练兼虎气。忙时插娱欢，健体纳阳气。
诚信走江湖，同仁讲义气。遇弱施帮扶，举善展大气。
居低莫卑怯，坦然透骨气。卓而能聚群，品贤存浩气。

——2019年3月10日作■

2020年8月22日在“西部故人来”公众平台第162期发表。

白玉兰

满枝尽白花，馨香随风洒。
无叶与之伴，洁挺向天涯。

——2019年3月11日作■

祝翟键弟六十岁生日

已过花甲仍是孩，上老下小中间呆。
无怨担当负重行，有苦有乐情满怀。
一生勤奋聚秀才，为人谦和总施爱。
修得圣贤菩萨心，定有福报顺势来！

——2019 年 3 月 14 日作■

赏　　梅

雪中她独俏，顶风含微笑。
和容傲骨精气在，野处迎喧嚣。

——2019 年 3 月 14 日作■

游张家界

仰首望，剑指青天。登高看，盆景一片。
顺溪游，鸟歌翠林。驻足赏，画卷连篇。
伴日出，天地开颜。沿路行，蝶舞翩翩。
催心醉，意卧自然。览河山，忠怀冲天！

——2019 年 3 月 14 日作■

2020 年 7 月 11 日在“不惟读书”公众平台第 12 期第 2 篇发表。

品川茗

川渝碧潭飘雪，
绿汤清澈花洁。
馨香雾萦如仙，
品之神怡倦灭。

——2019 年 3 月 16 日作

2020 年 5 月 25 日在“阆苑明月清风”公众平台发表。

静心以对

何时不被烦恼困，
哪天不为琐事劳。
倘若心静如止水，
众多困劳皆释掉。

——2019 年 4 月 25 日作

2020 年 8 月 3 日在“阆苑明月清风”公众平台第 29 期第 51 篇发表。

睁观闭养

一支香烟一杯茶，
一眼睁来一眼瞎。
睁眼静观炎凉事，
闭眼养神避渗杂。

——2019 年 4 月 28 日作

劝 学 友

都是同学，皆无恶意，偶尔玩笑，无须在意。
逗点乐子，增添笑意，别去认真，笑释善意。
哈哈一笑，爽心随意，互相珍爱，当下如意。
哈哈！笑傲江湖！

——2019 年 4 月 29 日作

春 醉

神州春光无限好，和风轻拂暖阳照。
百花争妍虫鸟欢，万木吐翠柳悠飘。
山峦泛秀绿毯罩，湖水涟漪鱼戏闹。
远来琴曲养耳帘，眼前仙境心醉了！

——2019 年 5 月 4 日作

2020 年 5 月 21 日在“不惟读书”公众平台发表。

无尽之道

老骥今北漂，参会习新高。
论坛纳睿智，学有不尽道。

——2019 年 5 月 17 日作

大赞华为

大智大慧大格局，
大气大度大手笔。
大仁大义大慈忍，
大隐大为大抗戟。

——2019 年 5 月 20 日作

2020 年 9 月 4 日在“阅苑明月清风”公众平台第 34 期第 65 篇发表。

真情长

春茂拥风光，秋暮临寒霜。
无义弃黄叶，有情惜叶黄。
世间万物事，谁能胜时长。
唯有真情曲，千古可传唱。

——2019 年 5 月 26 日作

学中有道

知识是基础，务必要打牢，方向为引擎，且当弄明了。
态度乃关键，不可辞勤劳，能力即财富，践行方得道。

——2019 年 6 月 5 日作

2020 年 9 月 10 日在“不惟读书”公众平台第 22 期第 1 篇发表。

心　　慰

春秋往复来，年年三尺台。
倾心四十载，慰吾桃李开。

——2019年6月6日作

2020年6月6日在“不惟读书”公众平台第4期第1篇发表。

上善为人

人生态势有百变，如水上善无他羡。
平淡无虚顺自然，本真为世万法奠。

——2019年6月10日

2020年8月3日在“阆苑明月清风”公众平台第29期第51篇发表。

颂上善之物

在天为云显地魂，浮地为雾净霾尘。
陨落为雨洗凡世，散发为气润无痕。
聚滴为水滋万物，冻结为冰成洁圣。
合之为海纳百川，动之为流似龙腾。

——2019年6月10日

2020年5月26日在“不惟读书”公众平台新版第1期第2篇发表。

群　　乐

天天群里见，见字如谋面。
远近难隔阻，众友微信牵。
晨起道早安，晚歇说再见。
有事沟通畅，闲来传情绵。
不在曾相识，有缘即可联。
意合在一群，乐盈趣语溅。
倘若欠关注，不由生惦念。
心系交流悦，为开笑容颜。

——2019 年 6 月 10 日

2020 年 8 月 22 日在“西部故人来”公众平台第 162 期发表。

夏日校园

大路隐在大树下，学子行在绿荫中。
仁师如荫惠学子，学子似树向天冲。

——2019 年 6 月 12 日作

2020 年 1 月 3 日在“阆苑明月清风”公众平台发表。

夏暮一景

水清清，荷青青，
岸边绿草树成荫，凉亭缀湖心。
鸟盈盈，鱼欣欣，
蜓飞蝶舞蝉颂吟，灵物奏协音。

空净净，风轻轻，
日暮晚霞气清新，悠然入心静。
情亲亲，语馨馨，
伴侣挽臂步幽径，谈笑在仙境。

——2019 年 6 月 13 日作■

2020 年 6 月 3 日在“阆苑明月清风”公众平台发表。

从 容 行

云腾电闪雷轰鸣，
湖安山稳君抚琴。
何惧世间险恶起，
且怀淡定从容行。

——2019 年 6 月 13 日作■

2020 年 6 月 3 日在“阆苑明月清风”公众平台发表。

妻 子 住 院

纤弱娇妇，风吹飘然。
深藏刚毅，不逊铁男。
内外操劳，繁挑重担。
病魔来临，无畏而战。

——2019 年 6 月 25 日作■

如竹向上

春竹嫩笋破土现，
顶石直上为见天。
不负少壮拼力搏，
虚怀有志争华年。

——2019 年 7 月 2 日作■

退休何行

前路总会有，岂能随便走？
皆因心致远，哪甘无为度！
寻觅充实山，不为掘金诱。
宽怀向阳去，一路行乐途。

——2019 年 7 月 9 日作■

2020 年 6 月 6 日在"不惟读书"公众平台第 4 期第 1 篇发表。

心莫老

时光悄然飞逝，人老似在瞬时。
青春若驻心中，华少永伴难辞。

——2019 年 7 月 10 日作■

2020 年 6 月在"阅苑明月清风"公众平台发表。

大暑，儿之生日，贺之以寄语，促之以笃行。

致　儿

三轮本命三十六，
学业虽成能待足。
鸿志笃行切实干，
岂愁来日硕果收。

——2019 年 7 月 23 日作

炎　夏　梦

身卧溪边凉石，
头罩茂密绿荫。
峡口清风掠绕，
梦思此景如今。

——2019 年 7 月 24 日作

2020 年 8 月 29 日在“不惟读书”公众平台第 20 期第 2 篇发表。

静心蛰伏

三伏气温高，汗滴若水浇。
蛰伏静心态，无意处热闹！

——2019 年 7 月 25 日作

躲 陋 房

窗外烈阳蒸热浪，
室内空调赐清凉。
三伏之天难熬日，
品茶蘸墨躲陋房。

——2019 年 7 月 27 日作■

2020 年 8 月 29 日在“不惟读书”公众平台第 20 期第 2 篇发表。

去 阿 坝

仲夏武汉热煞人，
昼夜晴雨皆难忍。
何不应邀向凉处，
直奔阿坝为上乘。

——2019 年 8 月作■

初秋致友

夏已去，秋至凉，
暑逝和风畅。
神回精气爽，
惬意勿忘添云裳！

——2019 年 9 月 1 日作■

吾当行

潜修文化之教养，乐承社会之担当。
翱翔自由之灵魂，广施人间之善良。

——2019年9月2日作

同学至亲

知根知底知许久，没大没小没争斗。
无是无非无机投，有情有义有爱留。

——2019年9月3日作

写在教师生涯的本科教学最后一次授课结束时。

告别讲堂

一帘舒梦四十载，两鬓斑白容颜改。
三尺台前别君去，四周喜有新花开。
五情难舍育人怀，六欲另寻雅趣来。
七日轮回乐复往，八面和风赏茁才。

——2019年9月5日作

2020年6月6日在“不惟读书”公众平台第4期第1篇发表。

教师颂歌

攀无形之高峰，行无岸之逆流。
游无边之学海，历无怨之艰途。

耗无尽之心血，耕无垠之沃土。
育无负之栋才，乐无悔之归宿。

——2019 年 9 月 10 日作

2020 年 9 月 10 日在“不惟读书”公众平台第 22 期第 1 篇发表。

中　　秋

中秋节，亲情友情乡情烈，
情欲烈，痴凝冰轮，爱溢心阙。
秋催老树落黄叶，
人到年暮情叠叠，
情叠叠，把杯遥祝，心语切切。

——2019 年 9 月 13 日作

2020 年 10 月 13 日在“不惟读书”公众平台第 29 期第 2 篇发表。

赞张勇传院士

中秋节，月明星稀清凉夜。
清凉夜，老翁伏案，
墨洒情泻。
家国情怀满腔血，
领游学海担不卸。
担不卸，岂畏年高，
坚守伟业。

——2019 年 9 月 13 日作

焦作行

秋高气爽焦作行，故地重游仍觉新。
重逢老友美酒待，又叙衷肠乐盈盈。
云台红石碧水唱，潭中千色伴倩影。
崖上松柏探身望，陌上怀菊鞠头迎。
青龙峡谷深而美，陪嫁村风厚又纯。
青天河岸晋豫秀，轻舟游弋赏画景。
圆融寺内循古道，佛心禅意善而静。
太极拳舞柔有骨，气运丹田如松定。
药怀四绝誉神州，于膳于医固乡情。
美食工艺堪称绝，绞胎瓷品荣怀庆。
焦作儿女黄河育，名人典故繁如星。
人杰地灵中原地，文化渊源深无尽。

——2019 年 9 月 20 日作■

秋分有感

秋高气爽，清风送凉，
盛夏已过，当是丰收好时光。
年高岁长，罢欲静养，
暮日放霞，必有福寿待汝享。

——2019 年 9 月 23 日作■

2020 年 10 月 13 日在“不惟读书”公众平台第 29 期第 2 篇发表。

己亥国庆忙

迎国庆，喜乐盈，工作娱乐均未停。
怀庆中州刚尽兴，落脚即将课件定。
今早起，秋风清，踏露赴执培训令。
飞沫激情午时近，即赶高铁广州行。

——2019 年 9 月 25 日作

本真立世

人在江湖走，不要怕露丑。
好歹莫虚伪，善恶如实抖。
为人以诚待，洒脱从善游。
本真立世间，必结贴心友。

——2019 年 9 月 26 日作

2020 年 6 月 18 日在“不惟读书”公众平台第 6 期第 2 篇发表。

高铁真棒

高铁神州跑，两地远不遥。
搭乘特便利，服务且周到。
朝夕冬夏景，早晚春秋貌。
舒心在路上，出门效率高。
自立创奇迹，科技兴快道。
雄风誉天下，当今谁可超。

——2019 年 9 月 27 日作

2020 年 9 月 4 日在“阆苑明月清风”公众平台第 34 期第 65 篇发表。

悼 前 辈

天凉落叶入秋，
伤心洒泪悲忧。
前辈先西走，
断肠吾辈怀旧。
心揪，心揪，
哭请苍天善留。

——2019 年 9 月 27 日作

弟子们主动热心地为我筹办六十五岁的生日和退休纪念活动，除感激和幸福外，实不忍身处各地而繁忙的他们再费心、奔波和操劳。为此：

回应弟子贺退休与生日

感谢大家的诚意！
感谢大家的惦记！
一句问候，一声祝福，足矣！足矣！
我们之间的友谊，
我们之间的默契，
未限年龄，未限属地，满溢！满溢！
不必如此地费心，
不必如此地约起，
还有工作，还有奋力，当惜！当惜！
那日随意的相聚，
那日随意的欢叙，
没有负担，没有刻意，谢及！谢及！

——2019 年 9 月 28 日作

2020 年 6 月 6 日在“不惟读书”公众平台第 4 期第 1 篇发表。

贺建国七十周年大庆

神州艳阳照，华夏庆典到。
喜悦满心头，欢笑上眉梢。
举国合家庆，把酒逐情潮。
众心谢党恩，祝福祖国好！

——2019 年 9 月 29 日作

友　　饮

酒到酣时助兴高，
语嘻心静乐滔滔。
逢友不尽壶中酒，
何时畅怀再逍遥。

——2019 年 10 月 2 日作

2020 年 5 月 25 日在“阆苑明月清风”公众平台发表。

写在 65 岁退休之时。

感　　言

六十五满乐退休，
朋友弟子相聚稠。
愧对八方贺如雨，
但慰幸结真好友。

——2019 年 10 月 8 日作

熬出心态

熬到退休不容易，工龄近乎半世纪。
下放读书留高校，续站讲台四十一。
教材论文和专利，教学科研及奖励。
苦海达的拼搏游，哪有星点敢懈力。

熬到六五不容易，生活苦涩皆尝腻。
成家立业育后代，琐事种种累凄凄。
年增岁长总有疾，敬老抚幼还在继。
一生操劳未敢怠，待到解脱是归西。

熬出心态万事易，乐对一切淡视弊。
轻看得失与钱财，无欲无我行自律。
生活融合劳与逸，适己娱欢为之戏。
善结仁友舒心往，糊涂处世笑嘻嘻。

——2019 年 10 月 9 日作

乐休

一生击浪终到岸，无悔蹉跎净身还。
沉眠童心再唤起，笑伴晚霞戏娱欢。

——2019 年 10 月 9 日作

2020 年 6 月 6 日在“不惟读书”公众平台第 4 期第 1 篇发表。

临　秋　吟

在秋思春燕，喜乐云中翩。

秋日黄昏时，且有霞美天。

——2019 年 10 月 10 日作

2020 年 10 月 13 日在“不惟读书”公众平台第 29 期第 2 篇发表。

莫念秋梦

秋梦秋思秋意凉，

梦美梦虚梦悔肠。

美有不足寻常事，

事有违愿是寻常。

——2019 年 10 月 11 日作

2020 年 10 月 13 日在“不惟读书”公众平台第 29 期第 2 篇发表。

自御秋凉

细品一壶岁月老酒，

静赏一幕秋水冰轮。

谁惜一片黄叶轻落，

自御一夜寒凉袭人！

——2019 年 10 月 12 日作

2020 年 10 月 13 日在“不惟读书”公众平台第 29 期第 2 篇发表。

悠　闲

闲着东晃西悠，看似无所奢求。
实图清静舒心，寻谋健康自由。

——2019 年 10 月 17 日作

修养积蓄

修德实为修行，养心有利养身。
积善也是积福，蓄志方能蓄胜。

——2019 年 10 月 18 日作

长辈心结

心有千千结，首忧儿孙路。
吾生何再求，望汝步高楼。

——2019 年 10 月 20 日作

病　中　思

年增体衰毛病多，总有不适来打磨。
病来无畏安心治，好时仍旧潇洒活。

——2019 年 10 月 21 日作

同　　行

迟暮在秋，观雅赏秀。
一路牵手，风雨同舟。

——2019 年 10 月 25 日作

人贵语迟

遇事三思而后行，有疑勿急当慎定。
赋情冲动速出语，泼水难收失初心。

——2019 年 11 月 12 日作

2020 年 7 月 11 日在“不惟读书”公众平台第 12 期第 2 篇发表。

贺冯运富先生获河南省餐饮住宿业新中国成立 70 年功勋人物奖。

运　　富

月季花盛开，运富喜事来。
行业功勋人，新年获头彩。

——2020 年 1 月 9 日作

贺向军教授团队获国家科技进步奖二等奖。

捷　　报

功夫不负有心人，壮志精进乃为魂。
向军披靡战沙场，捷报又耀能源门。

——2020 年 1 月 10 日作

博鳌亚洲湾之夜

明月，大海，椰树，清风，
步在其中，爽意悦目。
心如皎月当空，
静观潮涌叶舞，风吹云动。

——2020 年 1 月 10 日作■

参加博鳌大数据知识管理与协同创新未来论坛。

海风推浪

凭栏望，天高水蓝海鸟翔，
轻风推白浪，沙滩蜿蜒漫漫长，
天下好风光。
看岸上，酒店高耸雄又壮，
会议中心掀热浪，
学术交流畅。
任遐想，时代飞跃激情昂，
科技领头仗，顺势而为握方向，
赢在共融上。

——2020 年 1 月 10 日作■

为武汉朗德电气有限公司而题。

德行天下

朗朗乾坤明，德行天下尊。
为世诚信在，质优必居胜。

——2020年1月14日作

2020年初，新冠病毒施大难，举国讨伐怒立幡。吾退休离岗，何以参战？仅能用此时的切实生活状态及感受，赞颂和支持此次武汉战疫胜至辉煌。

庚子春节

春节闲闭于家，泼墨品酒喝茶。
众隔顽恶传袭，待复繁丽华夏。

——2020年1月23日作

以毛泽东面对敌军围剿的气概，投入武汉抗疫战役。

庚子初武汉城

城外逆行赴战，城内力尽全能。
病毒肆虐再凶狠，理智科学抗衡。
面临生死决战，举国众志成城。
武汉诸镇鏖战激，定叫顽恶宵遁。

——2020年1月27日作

2020年4月1日在“西部故人来”公众平台第143期发表。

岳父今日 14:21 离世，沉痛悼念！

悼岳父翟公

留下儒德远行去，
洒下甘露润众亲。
含情承继先公愿，
翟门永谐日益兴。

——2020 年 1 月 29 日作

生活小调

（一）

为顾大局家中守，
做桌佳肴烫壶酒。
举杯首敬白衣使，
愿你平安驱魔走。

——2020 年 1 月 28 日作

（二）

阳光渐现透窗穿，
困家煮茗茶香缠。
静呆忧中难食寝，
只盼复我好河山。

——2020 年 1 月 31 日作

（三）

忙在下厨与洗涮，
闲来练笔和品茶。
困于陋室待花开，
多盼踏青尽欢撒。

——2020 年 2 月 9 日作

（四）

每餐三人四道菜，
一杯小酒端起来。
细品生活非常味，
融融情趣自相待。

——2020 年 2 月 23 日作

致谢抗疫中的湖北焦作商会。

豫　商　情

豫商在武汉，奉献鄂河山。
心有怀川情，博爱肩上担。

——2020 年 2 月 6 日作

赞抗疫志愿者谷晓红女士。

晓红敢斗

晓日照疆场，红颜披铠装。
敢向荆棘行，斗顽善举上。

——2020 年 2 月 6 日作

庚子元宵节

今年元宵无烟火，静静悄悄一城郭。
全家老少屋里坐，唯论国泰平安多。

——2020 年 2 月 8 日作

今春非凡

枝头泛春鸟争鸣，山河依旧安国民。
今朝春来非往矣，举国齐心战疫情。

——2020 年 2 月 10 日作

愿所有立世为人者如竹。

咏竹

刚直挺立向上生，不屈风雨抖精神。
君子虚心立于世，茂叶吐翠不染尘。

——2020 年 2 月 10 日作

大雪节气，抗疫正激，一线艰危，勇士挺立。

勇士如梅

风吹乌云盖，寒见梅花开。
崖巅出援手，洒予人间爱。
笑颜如梅开，馨香阵阵来。
沙场生死搏，功德千秋载。

——2020年2月14日作

困家小记

一顿小酒，二趟瞌睡，
三餐饮食，四顾茫然，
五味杂陈，六欲不达，
七情难表，八方微信，
九日未出，十分难受。

——2020年2月15日作

赞抗疫前线的白衣战士。

医者仁心

口罩后面有多少叹息和汗流，
防护服里有多少雄健和娇柔，

护目镜内有多少泪水和喜忧，
您的心中始终有使命和拯救！

——2020年2月17日作

众　　宅

满街空寂无行人，万家灯火聚亲人。
庚子乍到虽困人，且为抗疫康国人。

——2020年2月19日作

新冠病毒侵袭武汉，来势凶猛，大难面前发声多异，舆情繁杂。有国家后盾，群力图治，何惧！

何　　惧

大水欲冲龙王庙，魑魅魍魉趁机闹。
举国齐御群害侵，守得江山看我傲。

——2020年2月20日作

难

微信太多难全读，信息太杂难看透。
舆情太乱难辨莠，头脑太简难有数。

——2020年2月21日作

方舱医院

一座方舱，一叶方舟。托举生命，普爱仁都。
身心兼治，医患结友。交融和谐，时艰共度。
善医良治，足食多肉。心声歌表，友情舞露。
降魔绩效，何以比优。举世无双，唯我独秀。

——2020 年 2 月 21 日作

静　待

居家静心躺，
任须发自由长。
记时艰多久，
大捷宽心再复光！

——2020 年 2 月 22 日作

这些姑娘伢

朗诵欣赏

您是谁的女儿，貌美如花。
您是谁的妻子，温婉优雅。
您是谁的妈妈，慈和贤达。
您是谁的亲友，秀发飘洒。

平时难以谋面的你和她，
此时舍弃一切温馨与繁华。
无声的疫情号令，
催您自愿披甲，急促把征程踏。

哪有什么时间思虑，
哪来得及什么顾遐，
只能淡定地留下——
对亲人的宽慰和暖心的话。

谁说心里没有害怕，
谁说心里没有牵挂，
只是本能地扛起——
对患者的救治和康我华夏。

没有豪言壮语，
也无矫情表达，
唯一的行动是——
怀揣大爱毅然向一线出发，
哪怕单骑几百里也不落下。

令人心疼呀，这些姑娘伢！
您剃光了一头心爱的秀发，
您的娇柔紧裹在防护服下。
口罩磨伤了您漂亮的脸颊，
疲惫让您失去往日的红霞。

饭无规律吃，饮欲也难达。
困时站着歇，睡难觅床榻。
为了患者的治疗，
您把委屈用博大的胸怀容纳。
为了患者的康复，
您把欢乐用真心传递给大家。

高强度让您晕倒，您也不把火线下。
忘我中您被感染，心里依然绽放莲花。
……
见到您辛苦的视频，
谁不潸然泪下！
令人心疼呀，这些姑娘伢。

您是父母的乖娃，您是丈夫的宝伢。
您是子女的爱妈，您是群亲的鲜花。
您是白衣天使凡间下！
善德于怀，心中无暇！
心疼您呀，除了您的家人，
还有关爱您的千千万万个你我他。
祝您——
早胜顽魔乘归驾，
全程顺风伴朝霞。
保重呀，这些姑娘伢，
愿您——风雨挺立，红梅俏崖，
盼您——凯旋而归，平安到家！

——2020年2月23日作

此诗由闫红君女士朗诵，于2020年2月25日早上6点在“爱上经典文学艺术”公众平台上公开首发，2020年3月4日在“湖北省朗诵艺术家协会”公众平台上转发；2020年3月8日由新疆阜康朗协诵友之声合诵，并在“流岚雅苑”公众平台上播出；2020年3月23日在“长江日报大武汉客户端”登发。

川城老友

川城一帮好朋友，从小秉性皆摸熟。
嬉笑玩耍调皮逗，同桌同窗苦寒读。
岁月积得情谊厚，各奔东西相思稠。
纵有诸因难聚首，总怀福愿遥乡祝。

——2020年2月23日作

战“疫”还在续，我们还得——

坚守

抗疫久封城，的确很憋人。
宅家为贡献，自隔乃上乘。
前方勇士斗，后方守好门。
配合协调好，不负舍身人。
成果来非易，完胜在后程。
坚持有耐心，该忍还得忍。
待到解封时，把酒送瘟神。
庆度生死劫，还我人间魂。

——2020年2月24日作

庚子抗疫

泱泱大国，巍巍中华，
山河锦绣。
然庚子年临，病毒肆虐，

举国齐心，合力迎斗。
八方劲旅，驰援武汉，
不胜顽魔岂甘休。
龙魂聚，筑白衣长城，
军民携手。
封城封道围堵，
预防隔离诊治施救。
有大爱英雄，一线坚守，
拼死相搏，汗泪横流。
更惜豪杰，献身疆场，
壮举伟绩万古留。
鸿志酬，恶魔降尽时，再举美酒。

——2020 年 2 月 27 日作

2020 年 4 月 1 日在“西部故人来”公众平台第 143 期发表。

悼念抗疫牺牲的白衣战士。

惜 玉 兰

暴雨狂打玉兰，
忍看白花凋残。
瓣归故土去，
枝失昔日茂繁。
心疼！ 心寒！
且留香魂萦盘。

——2020 年 2 月 28 日作

2020 年 4 月 1 日在“西部故人来”公众平台第 143 期发表。

悉河南宁陵县人民群众和爱心企业两天内众集捐赠30万斤酥梨慰问在武汉抗疫的医疗队，有感而发。

甜在心窝

宁陵酥梨载乡情，凝聚爱心武汉行。
同胞助我克时艰，品得甜美尤暖心。

——2020年2月28日作

留　　下

朗诵欣赏

一场无情的疫情，在武汉爆发；
一场殊死的战斗，在全国拼杀；
一场现实的演出，已撩开了朦胧的幕纱；
一场惨烈的战役，尽显无数英雄，耀我泱泱华夏。

此时，此刻——
科教精英，正在攻坚克难，呕心为国驱驾；
医生护士，忙于普施仁爱，累得汗透背胛；
军人警察，坚守家国安好，临危毅然披甲；
社工义工，冒着凶残风险，全心服务大家；
……
他们是我们的一线勇士、战役的主力军啊。

但狰狞邪恶的新冠病毒，阴险狡诈，
将病源四处漫撒，
居心祸害众民的企图尚未如愿，
却又伺机张狂地把我们的英杰和天使来残杀。

勇士成为烈士就在那一刹那，
突变时刻，哪容得什么顾遐，
精忠报国、忘我尽为、救人于难、职责重大。
无畏的勇士决不会半点拖沓，
宁愿牺牲，决不趴下！

倒下的烈士啊，你——
无私奉献、敢于担当、
力克时艰、济民天下
的功绩和恩德是那么伟大，
让我们何以报答。

可敬的烈士啊，
有事业已成的老专家，
有意气风发的年轻伢。
有的，还没来得及告别爹妈，
有的，还牵挂着家里的奶娃，
有的是，主宰一屋老小温馨的当家，
有的是，盼着甜蜜恋爱和等待婚嫁。
……
而你还有多少夙愿未尽，
就带着遗憾和不舍悄悄地、悄悄地走啦！

高山为你燃烛，江河为你泪下。
风雷为你送行，春花为你映霞。
没有你的存在，犹如大梁崩塌。
没有你的相处，类若严寒霜打。
我们难舍你啊——
请你不要，不要离开，不要远跋，
不要告别心心相印的我和他。

你！没有走远，
你用朴实的言行把光辉留下——
你留下了平凡的过往，
你留下了永久的芳华。
你留下了矫健的身影，
你留下了灿烂的绒花。
你已把博大的胸怀留下，
你已把敏睿的智慧留下，
你已把舍身的大义留下，
你已把盛世的中国精神留下。

这些境界和美德，大爱和精神，
将永远，永远——
成为活着的人，
成为后辈人的典范。
他们，将在中华大地上留下，
他们，将在华夏子孙中留下。
留下，留下，
留下这中国精神。

——2020 年 2 月 29 日作

此诗由闫红君女士朗诵，于 2020 年 3 月 4 日在“爱上经典文学艺术”公众平台发表。

这　样　过

宅家日子多，月余也已过；封城封小区，自然生难多。
理解多体恤，要求不要苛；学会巧安排，生活少蹉跎。
心态调整好，当下悠着过；日程莫单一，收获亦颇多。
手机读新闻，电视看联播；疫情何向走？战绩又如何？
捷报振信心，时而讴悲歌；国强党英明，举措暖心窝。
生活有保障，物资没断货；菜肴生花样，厨艺走上坡。
餐餐全家聚，平日难此乐；兴致一上来，还把小酒酌。
午觉放开睡，可以近日落；此时事扰少，宽心体渐卓。
不甘虚度时，寻点事情做；传递正能量，撰文翰墨泼。
闲下煮壶茶，清静窗边坐；品得茶中味，兼思人咋活。
微信经常翻，信息过筛箩；学会辨真伪，交流避啰嗦。
发发朋友圈，平安报的确；分享趣味事，消遣添依托。
时艰少空虚，宅家不寂寞；退休事本少，多情多忙活。
疫警尚未消，自律续配合；心里莫畏惧，取胜认多磨。
党有好政策，应急办法妥；共度非常期，春光惠你我。

——2020年3月1日作

江　　舟

吾为江上一叶舟，不循水道何处游。
轻踏浪花望天阔，悠稳善行载物流。

——2020年3月3日作

默　行

万难受之默下，寻觅阳光苦跋。
心宽沉静潇洒，总有春色百花。

——2020 年 3 月 4 日作■

咏　兰

甘居幽谷自静藏，修身优雅无华装。
乘风暗送清香来，翩翩君子留世芳。

——2020 年 3 月 5 日作■

庚子惊蛰

阳光似箭透窗栅，花草清香淡幽缠。
鸟儿翠鸣戏新枝，风拂近水云过山。
惊蛰时分春盎然，昔日踏青多娱欢。
如今抗疫居家守，静待大捷旷野还。

——2020 年 3 月 5 日作■

疫期校园春

窗外花妍繁，春燕绕枝盘，
阳光艳照喻家山，东湖之滨峦。
面临防疫战，抗魔斗志顽，
师生齐力护校园，春光永不残。

——2020 年 3 月 7 日作■

致敬志愿者

朗诵欣赏

在抗疫的第一线，在疫情的风暴中，
在无数的岗位上，在艰辛的昼夜里，
在这个非常时期、非常环境的激战里，
我们看见了你奔忙的身影，
感受到你的爱岗的倾力，
亦深深地体悟到你无私奉献的心迹。

你是“志愿者”！
“自愿”是出自于你心底。
你本可以——平静居家，安然歇息；
但你甘愿选择——冒着风险，挺身而立。
你为此而自豪，为此而付出，为此而将心尽毕。

我们的志愿者啊，我们由衷、由衷地敬仰你！
你来自四面八方，怀揣着舍己，
你行于大德大爱，服务到至极，
你把党和人民的托付，高度负责任地担起。
你破解时间稀缺的羁绊，巧把当前事务及时处理；
你不分活路的轻重大小，尽善尽美地去竭尽全力；
你不怕事情有多难多急，都会从容以对披荆斩棘；
你从不计较得失与委屈，一心想着的是——
造福于民，受者满意。

我们的志愿者啊，我们由衷、由衷地敬佩你！
你——夜深亦难栖，春寒风里立，
为众解忧患，除难步履疾；
你——生活无规律，忙起无喘息，

下班不懈怠，时刻待应急。
你——心中已“无我”，只是用深情把同胞紧系；
在你心里，人民是上帝！

我们的志愿者啊，我们由衷、由衷地敬重你！
你一件件作为，都将民生系；
你一次次奉献，都动人而泣。
你不图回报与荣誉，只为千家万户都处在平安里；
你不辞辛劳与倦疲，只想认认真真把工作做仔细。
别人感谢你，你回应“不客气”；
有人误解你，你道声“对不起”。
你——立于世间行大义，书写仁爱一笔笔；
你——甘给社会注能量，以身为范树正气。

我们的志愿者啊，我们由衷、由衷地敬爱你！
可敬的志愿者啊，你虽是沧海一小滴，
但——你的牺牲精神，光辉无比！
你的带动力量，撼天动地！
你的立世品德，青史垂记！
你的济民爱心，弘扬天际！
你给我们带来了温暖和希寄，
给我们留下了永久的怀念和不灭的记忆。

我们的志愿者啊，我们由衷、由衷地感激你！
可敬的志愿者啊，这场战役终将取得胜利，
在此衷心地祝愿你——
历经磨难平安归，圆得志愿行万里。

——2020 年 3 月 8 日作

此诗由闫红君女士朗诵，于 2020 年 3 月 10 日在“三汇文学”“爱上经典文学艺术”公众平台发表。

天使的笑

朗诵欣赏

抗疫的奋战中，你们紧捂着口罩。
从未见过你们的面颊，更难见到你们的微笑。
口罩和护目镜下的面容啊，
也许是专注，也许是疲劳，
也许是肃然，也许是思考，
也许是叹息，也许是烦躁，
也许是无奈，也许是苦恼，
……
这一概都难以见着。可是啊——
在你们忙碌的身影上，在你们娴熟地诊治时，
从你们温情的眼神中，从你们和蔼的声音里，
却会深深地感受到，感受到你们在艰辛之中，
时常送给患者的深情微笑！

你们无私的奉献，已频传捷报。
患者一天天因你们而减少，
病魔渐渐地被你们清除掉，
当你们走出病区，把铠甲卸掉，
当你们完成使命，即将转战新的目标，
你们轻轻地、轻轻地摘下
久久捂着你们的口罩。
那一刹那，你们才露出了天使般的一笑！

在你们被紧勒变形的脸庞上，
这甜爽的一笑啊，
笑出了你们的美丽，

亦笑出了你们的天使容貌；
这淡然的一笑啊，
笑出了你们的倦意，
亦笑出了你们的意志刚傲。

在你们被汗水洗刷的脸庞上，
这释怀的一笑啊，
笑出了你们的爱心，
亦笑出了你们的善德映照；
这激动的一笑啊，
笑出了你们的苦涩，
亦笑出了你们的煎熬终了。

在你们被疲惫覆盖的脸庞上，
这自信的一笑啊，
笑出了你们的奉献，
亦笑出了你们已收获回报；
这放松的一笑啊，
笑出了你们的忠诚，
亦笑出了你们将天职尽到。

在你们被辛苦催老的脸庞上，
这灿烂的一笑啊，
笑出了你们的渴盼，
亦笑出了你们归家的吉兆；
这开心的一笑啊，
笑出了你们的胜利，
亦笑出了你们赢者的自豪。
……

天使的笑，纵有百俏，今天的笑——
是经历过恐惧和无助后的笑，
是苦渡过沮丧和痛楚后的笑，
是泪洗过满颊和心灵后的笑，
是战胜过毒侵和艰难后的笑。
对于病魔，那是斩首的锋利钢刀，
赐予人民，却是暖心的慰藉和共欢的心潮！
天使们啊，愿你们舒心长笑！
笑面等待你们的亲人，
笑面关爱你们的同胞；
笑看华夏有你而安好，
笑看神州因你而光耀！

——2020 年 3 月 12 日作■

此诗由闫红君女士朗诵，于 2020 年 3 月 13 日在“三汇文学”“爱上经典文学艺术”公众平台发表。

竹　兰　伴

竹兰相伴石间系，君子相印俩相依。
有缘相守同风雨，无怨相敬共天地。

——2020 年 3 月 14 日作■

这个庚子年的春天，是一个非凡的春天，一场残酷艰辛的抗疫防疫战在这个春天打响。在白衣战士的拼搏下，疫情得到初步控制，我们才真正感受到——

春天将至

朗诵欣赏

春天快要来了，庚子的春天啊，
你来得有点慢，你到得比较迟。
你在风暴中走得太难，你在冰雪里常被滞止。
你依然步履稳健，满怀自信与豪势，
披荆斩棘，踏歌而至。
冬寒冬酷终越过，春风春水终润世。
青山依旧在，白云蓝天驰；
暖阳温馨照，万物皆生之。
莺歌燕舞柳拂池，枯木出秀吐新枝；
百花初蕊争妍开，今朝玉兰最美姿。
春雷震天地，生灵起惊蛰。
江山由我来指点，群魔休造次！
珍惜春天来，趁春行鸿志，
华夏龙魂再腾飞，神州逢春更图治。
春光无限好，何不育秋实！

——2020 年 3 月 15 日作

此诗由闫红君女士朗诵，于 2020 年 3 月 17 日下午 6:30 在“三汇文学”“今日头条”公众平台首播，2020 年 3 月 18 日早上 6:29 在“爱上经典文学艺术”公众平台播出。

庚子观春

满园春色在窗外，静足远眺于楼台。
路上行人寥无几，眼前百花却竞开。
春映眼帘触情怀，美景悠鉴品钟爱。
惜处陋室难近赏，泼墨抒怀进书斋。

——2020 年 3 月 16 日作

2020 年 6 月 3 日在“阆苑明月清风”公众平台第 12 期第 17 篇发表。

在荆楚完成抗疫任务的“逆行者”们，湖北人民由衷地感激你们的无私奉献和殊死拼搏！向你们致以崇高的敬礼和深情的敬谢！

敬　谢

朗诵欣赏

大疫之战，初告捷，
尽显英雄豪杰。
各路天使，生死搏，
在鄂拼洒热血。
勇驱阴霾，净洗苍穹，还得骄阳烈。
大观天下，谁有此举超越。
天使尽职凯旋，众心皆敬鞠，挥泪送别。
鲜花敬献，万言谢，感恩在怀永结。
丰碑立就，泣歌震寰宇，留情深切。
盼君再来，那时欢歌无歇。

——2020 年 3 月 17 日作

2020 年 4 月 7 日在武汉天河机场欢送援汉华西医疗队时，闫红君老师代表武汉市民和武汉市职工读书会为逆行英雄们朗诵，4 月 10 日在“湖北省朗诵艺术家协会”公众平台上发表。

莫 轻 心

攻坚防御持久战，
精心戒备避就范。
切莫轻心图侥幸，
不循科学毁一旦。

——2020年3月17日作

2020年5月12日在“阅苑明月清风”公众平台第4期发表。

泰然以对

岁增体衰病自多，
病毒猖獗肆意虐。
首当严防御外侵，
提高免疫扛着过。
营养全面巧调和，
该吃就吃别省着。
泰然面对必来事，
顺应客观潇洒活。

——2020年3月18日作

2020年5月12日在“阅苑明月清风”公众平台第4期发表。

为抗疫“逆行者”采花送别的志愿者而题。

园　中　魁

园中满春色，花美魁谁得？
寻觅花丛中，当属志愿者！

——2020年3月20日作

花敬英雄

抗疫首战初捷见，
恰逢江城春樱艳。
花海簇拥敬英雄，
同舟共迎彩霞天。

——2020年3月21日作

白衣战士如蔚蓝天空衬托下的白玉兰，把春光带到人间，用壮举豪写庚子年的春天。

豪写庚子年

玉兰擎蓝天，龙魂盘云间。
春光神州洒，豪写庚子年。

——2020年3月22日作

两月如此

昨天今天明天，时时数天，
红案白案书案，天天作案。
你盼我盼他盼，人人在盼，
启关放关出关，期期闯关。

——2020 年 3 月 23 日作■

2020 年 5 月 12 日在“阅苑明月清风”公众平台第 4 期发表。

盆中兰

本是山中草，却移盆中生。
诱得君子爱，幽香太袭人。

——2020 年 3 月 23 日作■

盼候

冬装进楼，春呆窗头。一季难出，确实闲足。
时富心忧，焦灼盼候。等待解封，江山遍游。

——2020 年 4 月 1 日作■

野菊

茅屋竹篱旁，野菊金灿黄。
虽非华贵身，淡雅怡人爽。

——2020 年 4 月 2 日作■

悼父母

一年一度清明至，深念父母多追思。
在世育儿力使终，吾辈尽孝却晚迟。

——2020 年 4 月 4 日作

武汉关闭离汉通道 76 日后，于 2020 年 4 月 8 日零点正式重启，此时正值农历三月十五与三月十六之交，正是月圆时。

月圆启城

十五月亮久期盼，皓月徐升启匝栏。
武汉封城今重启，人来车往市顿欢。
十六明月如银盘，阻隔亲人终团圆。
七十六天围歼战，安得首捷挽狂澜。

——2020 年 4 月 8 日晚作

老来吟

三千繁华，弹指刹那。百年之后，一捧黄沙。
人老退休，抖掉尘渣。渐归自然，悠步轻踏。
昔日红霞，无须持加。过往蹉跎，度越即侠。
尽享生活，乐奉上佳。时局有数，静观变化。
阅典习诗，练练书法。听歌哼曲，美舞乐哈。
健康食饮，适己优化。下厨操铲，不忧味差。
游江荡湖，走山过峡。和风赏景，旷野看花。

当留记忆，适时咔嚓。随遇而安，莫增牵挂。
聚朋会友，鸿儒趣话。小酒怡情，禅境品茶。
四人同兴，训脑搓麻。上网交流，揽知辨瑕。
晚餐少食，散步溜耍。有觉足睡，养神靠它。
天伦之乐，珍惜添华。和谐庭堂，理顺情达。
涉事交人，少添烦杂。与世莫争，时而装傻。
量力而行，勿充老大。修心养性，糗事放下。
切莫攀比，知足自拔。童心不泯，爽悦潇洒。
淡泊心境，活好当下。善德持怀，常绽莲花。

——2020 年 4 月 5 日作■

2020 年 4 月 14 日在“西部故人来”公众平台第 145 期发表。

和画家卢江画竹

胸中之竹纸上展，随风微摇舒自然。
轻抖羽裳和春风，舞引吾思落笔端。

——2020 年 4 月 10 日作■

春赏油菜花

油菜花开金灿灿，风清气爽天蓝蓝。
蜂飞蝶戏舞翩翩，陶醉自然意酣酣。

——2020 年 4 月 12 日作■

为庆贺“西部故人来”公众平台创办三周年和发表美文突破千篇而抒！

“西部故人来”赞(六首)

(一)

西部故人踏歌来，雄章诗赋展情怀。
激扬文字潇潇洒，真善美爱彰华彩。

(二)

米亚罗啊红叶舞，金堂花海清风拂。
藏羌回汉同心歌，西部故人金曲谱。

(三)

天府文苑开繁花，尽展文采颂华夏。
西部故人勤耕耘，赢得春色伴彩霞。

(四)

川藏高原天净爽，成都平原水欢畅。
西部故人心敞亮，捡拾流金佳文扬。

(五)

西部故人携好友，天南地北文为纽。
系情赋爱互相助，作者心里阳光留。

（六）

千篇美文誉神州，一路风光百景秀。
西部故人同道行，再绘前程步锦途。

——2020 年 4 月 20 日作

2020 年 5 月 1 日在“西部故人来”公众平台第 147 期第 1000 篇发表。

四川文友

远在川渝一波友，未曾相识似面谋。
情趣同道文章见，质朴相通心交流。

——2020 年 5 月 3 日作

浅见

凡人所为，非圣行之。凡事常变，利势为之。
说话做事，异时异效。识人评述，勿极勿躁。
不因结果，绑定初衷。莫由始发，断定止终。
有意折桂，损者恶魁。被使之枪，纵者主罪。
冷静观察，辨其真伪。透析背景，据实而追。
小家维和，国家维安。必息内讧，当御外患。

——2020 年 5 月 4 日作

留下美好

流逝的是沧桑岁月，
留下的是真情心结。
回忆的是蹉跎年华，
品读的是美好卷页。

——2020 年 5 月 5 日

2020 年 6 月 18 日在“阆苑明月清风”公众平台第 15 期第 24 篇发表。

君伴陋石

山林之石面朝阳，
溪水潺潺绕其旁。
梅兰竹菊相邻伴，
与君聚首乐一堂。

——2020 年 5 月 8 日作

斗狼

一块肥肉群狼候，垂涎三尺口水流。
妄乘病毒肆虐时，穷凶极恶下毒手。
自身不顾狼窝臭，制裁诬陷甩锅稠。
祸心企图强夺食，待它自有好猎手。

——2020 年 5 月 9 日作

2020 年 6 月 3 日在“阆苑明月清风”公众平台第 12 期第 17 篇发表。

崖边兰

身居幽谷中,依崖不恋峰。
天生迎宾姿,馨香伴娇容。

——2020 年 5 月 9 日作

静享茗香

静处陋室中,雅享徐来风。
幽品天赐茗,香沁愁事空。

——2020 年 5 月 11 日作

品茶

不言苦涩消寂寞,苦去甘来得清乐。
人生百味饮中悟,心神入禅岂奈何。

——2020 年 5 月 15 日作

诗墨寄情

一支毫笔写抗疫,一颗心儿咏英雄。
数月战疫泣歌泪,诗卷难尽翰墨穷。
时忧病毒何以除,且看豪杰胜顽凶。
疆场谱就悲壮曲,吾辈仰敬诗墨颂。

——2020 年 5 月 16 日作

2020 年 6 月 3 日在"阅苑明月清风"公众平台第 12 期第 17 篇发表。

智　为

知进退善攻善守，可上下能伸能缩。
顾左右防失防漏，瞻前后深虑深谋。

——2020 年 5 月 18 日作

2020 年 6 月 18 日在“不惟读书”公众平台第 6 期第 2 篇发表。

见儿时学校老照片而题。

启蒙之处

此座古殿历沧桑，曾是吾斯小学堂。
儒学启蒙得初知，且留儿趣在昔往。

——2020 年 5 月 20 日作

自　待

自洗自切自掌勺，自斟自酌自逍遥。
自品自享自得意，自赏自已自犒劳。

——2020 年 5 月 26 日作

度光阴

有闲翻书阅古今，无事品茗悟此生。
纸上涂墨书心境，意下禅修寻本真。

——2020 年 5 月 28 日作

六一诱返

六一悄然来，稚心萌出怀。
莫念岁已老，返童乐自待。

——2020 年 6 月 1 日作

感恩自然

野花绽放自然鲜，
自然因她格外艳！
人归自然心归净，
自然赐人尽美篇。

——2020 年 6 月 1 日作

2020 年 9 月 4 日在“阆苑明月清风”公众平台第 34 期第 65 篇发表。

贺汪海波、张怡新婚：

共　渡

海天一线前程远，波澜不惊心胸阔。
张帆击桨劈浪去，怡情共渡福事多。

——2020 年 6 月 24 日作

端 午 叙

端午包粽江心抛，缅怀忠烈悟离骚。
年年此时龙舟竞，忠勇后辈在今朝。

——2020 年 6 月 25 日作■

同 学 聚

少时苦守寒窗月，老来欢聚歌舞升。
昔日容颜虽已改，不泯童心尚久存。

——2020 年 7 月 12 日作■

湖边习拳

清清东湖水，悠悠南风沁。
翩翩招式起，拳拳太极心。

——2020 年 7 月 15 日作■

2021 年 6 月 11 日在“耘恺太极”公众平台发表。

遥 述

相知无远近，相映若为邻。
真情无价言，微信传友心。

——2020 年 7 月 20 日作■

快　　活

生活多样化，快乐即为家。
随心随缘去，莫由烦绑架。

——2020 年 8 月 1 日作

张传虎先生为武汉人民的健康着想，在新冠疫情得到初步控制之后，在武汉成立了“武汉陈炳太极院”，开业之际特请陈氏太极拳第十二代嫡宗传人陈炳老师来汉教学。

迎　炳　师

八月江城秋风畅，
太极群英聚满堂。
炳师传道授业来，
拳健体魄文明扬。

——2020 年 8 月 18 日作

2021 年 6 月 11 日在“耘恺太极”公众平台发表。

醉香隆里待客人

身处此境岂不醉，
美酒频斟难言退。
水榭烟云红灯笼，
语欢兴浓情相随。

——2020 年 8 月 20 口作

红衣太极女

荷艳东湖旁，红衣秀女郎。
起舞太极拳，神韵令君往。

——2020 年 8 月 21 日作

2021 年 6 月 11 日在“耘恺太极”公众平台发表。

练　　剑

老来剑舞起，鬓白身见少。
非为江湖雄，只求体健俏。

——2020 年 9 月 1 日作

2021 年 6 月 11 日在“耘恺太极”公众平台发表。

尽欢亦思流年追

今朝有酒乐中醉，
明日无事莫贪睡。
天赐人生好光景，
尽欢亦思流年追。

——2020 年 9 月 10 日作

2021 年 5 月 23 日在“阆苑明月清风”公众平台第 68 期第 136 篇发表。

弄　　墨

无事提笔舞墨玩，字拙情真理之阐。

岂望书之成正果，但求心清入禅坛。

——2020 年 9 月 20 日作

2021 年 5 月 23 日在“阆苑明月清风”公众平台第 68 期第 136 篇发表。

忘岁寻雅

暮然醒来头，又逢一季秋。

年月疾逝去，岁逼六十六。

秋叶无情黄，弄风仍依旧。

不为俗所困，雅趣伴自渡。

——2020 年 10 月 9 日作

2021 年 5 月 23 日在“阆苑明月清风”公众平台第 68 期第 136 篇发表。

生日刚过，即将启程。为响应教育部支援边疆的银龄计划，将赴云南临沧滇西科技师范学院支教，明日——

西　南　行

岁至六十六，银龄履新途。

支教重责在，披甲临沧游。

——2020 年 10 月 14 日作

2020 年 12 月 12 日在“不惟读书”公众平台第 40 期发表。

退休整一年，今重新履职，人生的职业生涯重启。

人生重启

人生重启无憾，
余力尽用心甘。
暮年赴命履职，
有为边疆方欢。

——2020 年 10 月 15 日作

2020 年 12 月 12 日在“不惟读书”公众平台第 40 期发表。

与滇西科技师范学院的同仁相聚。

新缘

边陲临沧新缘地，大美西南志同人。
庚子金秋共携手，皆为育才步上乘。

——2020 年 10 月 16 日作

2020 年 12 月 12 日在“不惟读书”公众平台第 40 期发表。

栖滇思

孤雁暂栖西南滇，望断云海思北面。
往来非因时节变，尽毕使命再回旋。

——2020 年 10 月 17 日作

2020 年 12 月 12 日在“不惟读书”公众平台第 40 期发表。

厨　趣

周末自进厨房，三人四菜一汤。
乌鸡豆腐时蔬，外加一壶陈酿。

——2020 年 10 月 18 日作■

临沧气候好

旗山脚下恒春都，
满目葱茏花枝秀。
天净气爽和风畅，
临沧独享好气候。

——2020 年 10 月 18 日作■

2020 年 12 月 12 日在“阆苑明月清风”公众平台第 53 期第 105 篇发表。

临沧秋雨后

潇潇细雨阵阵过，
青青山峦巍巍坐。
薄薄云雾翩翩舞，
浓浓仙意悠悠歌。

——2020 年 10 月 21 日作■

2020 年 12 月 12 日在“阆苑明月清风”公众平台第 53 期第 105 篇发表。

燃　　烛

天降新任于斯人，
老朽辞闲别江城。
边陲山区安扎寨，
残烛余辉奉教神。

——2020 年 10 月 23 日作

2020 年 12 月 18 日在“不惟读书”公众平台第 41 期发表。

碗窑村赏菊

重阳登高赏菊来，
蓝天白云黄锦台。
滇西山间风光美，
七彩霞光非梦载。

——2020 年 10 月 25 日作

2020 年 12 月 12 日在“阆苑明月清风”公众平台第 53 期第 105 篇发表。

秋观鹅鸭游

鹅鸭成群和谐游，
清流红掌伴岸秀。
秋水虽凉情趣在，
行在浮世慢悠悠。

——2020 年 10 月 26 日作

2020 年 12 月 12 日在“阆苑明月清风”公众平台第 53 期第 105 篇发表。

痴汉晚行

皓月当空群星灿，
夜幕挂帘掩青山。
银光斜影滇道行，
栋梁林中一痴汉。

——2020 年 10 月 29 日作

2020 年 12 月 18 日在“不惟读书”公众平台第 41 期发表。

自　题

心放宽，体放松！浮尘淡，杂念空！
自相慰，气顺通！喜来日，乐行中！

——2020 年 10 月 30 日作

2021 年 5 月 23 日在“阆苑明月清风”公众平台第 68 期第 136 篇发表。

临　沧　城

青山环抱临沧城，
浮云幽游滇中魂。
鲜花竞放坡奇艳，
春色四季真宜人。

——2020 年 10 月 31 日作

2020 年 12 月 12 日在“阆苑明月清风”公众平台第 53 期第 105 篇发表。

秋夜信步

云飞星明夜空静，
虫鸣溪流秋风轻。
花草幽香阵阵来，
校园信步添雅兴。

——2020 年 11 月 3 日作■

滇西科技师范学院的池塘有几只可爱的黑天鹅，就像可爱的校园学子。

黑天鹅

小池黑天鹅，优雅泛清波。
不问阴晴日，蓄力向天搏。

——2020 年 11 月 4 日作■

教学督导

重归学生席，履责非往昔。
细品后辈论，扶其甘为梯。

——2020 年 11 月 5 日作■

2020 年 12 月 18 日在“不惟读书”公众平台第 41 期发表。

留　白

繁华任落去，人生当留白。
富贵非唯求，寻空可驱霾。

——2020 年 11 月 6 日作■

2021 年 5 月 23 日在“阆苑明月清风”公众平台第 68 期第 136 篇发表。

滇　西　游

青山叠不尽，悠然在腰行。
天高极目远，心阔广纳新。
白云峰峦绕，浓兴随之萦。
江水碧又透，神往无杂清。
沐浴自然里，寡身再洗净。

——2020 年 11 月 7 日作■

2021 年 6 月 15 日投“西部故人来”公众平台。

备　课

伏案啄键备课忙，
捋思顺理为学郎。
传道授业重责在，
为师岂能负课堂。

——2020 年 11 月 8 日作■

2020 年 12 月 18 日在“不惟读书”公众平台第 41 期发表。

临沧教学

千里迢迢临沧来，
重登巍巍三尺台。
谨循拳拳师道心，
挚言潺潺育栋才。

——2020 年 11 月 9 日作

2021 年 5 月 23 日在“阆苑明月清风”公众平台第 68 期第 136 篇发表。

远　思

秋日渐逝天趋凉，
暂别荆楚旅南方。
满目尽收葱茏景，
也念家乡杏叶黄。

——2020 年 11 月 10 日作

成都好友寄来《星光闪烁》精品散文集。

拜　读

鸿雁递书渴拜读，
精品美文入心游。
笔者丹心展风采，
暗香诱人登高楼。

——2020 年 11 月 12 日作

为武汉陈炳太极院而题。

太极旋风

陈氏太极旋风起，
席卷江城诱拳迷。
正宗传授何处寻，
光谷腹地就可觅。

——2020 年 11 月 15 日作

2021 年 6 月 11 日在“耘恺太极”公众平台发表。

再行逍遥

退休太闲多无聊，
熟道止步遇断桥。
如今有幸操旧业，
又如当年行逍遥。

——2020 年 11 月 17 日作

2021 年 6 月 14 日在“不惟读书”公众平台第 56 期发表。

临沧晨光

远山顶红云映霞，轻风晨光送万家。
一夜寂静初冬醒，众生又沐暖阳下。

——2020 年 11 月 18 日作

2020 年 12 月 12 日在“阆苑明月清风”公众平台第 53 期第 105 篇发表。

赏菊一景。

菊丛丽人多

秋来菊花艳，从中丽人多。
心随花绽放，纵情笑叠波。

——2020 年 11 月 20 日作

杂文交流聚会

一场盛会群英聚，
众多贤友欢畅叙。
儒风雅道篇章美，
杂文沃土泛锦句。

——2020 年 11 月 22 日作

幽径漫步

山廓托云天际游，
夕阳放霞七彩秀。
明月星空清风爽，
暮色幽径漫步悠。

——2020 年 11 月 24 日作

2020 年 12 月 12 日在“阆苑明月清风”公众平台第 53 期第 105 篇发表。

校园晨景

晨曦树丛影星布，
埋头勤阅轻语出。
今朝怀志趁早行，
来日担纲成梁柱。

——2020 年 11 月 25 日

2021 年 6 月 14 日在“不惟读书”公众平台第 56 期发表。

舒美临沧

青山环抱四季春，清溪游市百花盈。
和风牵云蓝天走，七彩晚霞尤神韵。

——2020 年 11 月 26 日作

2021 年 6 月 5 日在“阆苑明月清风”公众平台第 72 期第 143 篇发表。

今日外出返临沧，行至高山处，恰遇日落时，见壮观而驻车，摄美景而存赏。不由叹之：

暮色霞美

山间落日艳，余晖映满天。
明知暮色到，力将美霞现。

——2020 年 11 月 28 日作

2021 年 6 月 5 日在“阆苑明月清风”公众平台第 72 期第 143 篇发表。

圆月寄思

寂空玉盘寒夜凉，
道静人稀紧裹裳。
语默心沉凝思远，
月明风清念故乡。

——2020 年 11 月 30 日作

2021 年 6 月 14 日在“不惟读书”公众平台第 56 期发表。

随　叙

放眼读书养其气，
有感泼墨抒其意。
静心品茗悟其道，
开怀畅饮重其义。

——2020 年 12 月 1 日作

2021 年 6 月 14 日在“不惟读书”公众平台第 56 期发表。

滇西冬樱

无量山上冬樱艳，
红云初寒缀茶田。
虽说东瀛此花美，
哪胜此景献人间。

——2020 年 12 月 3 日作

2021 年 6 月 5 日在“阆苑明月清风”公众平台第 72 期第 143 篇发表。

南涧土林

岁月风雨当笔刀，泥土作料任天雕。
南涧大地纸一张，神工巧绘彩画俏。

——2020 年 12 月 4 日作■

2021 年 6 月 5 日在“阆苑明月清风”公众平台第 72 期第 143 篇发表。

坳中白梅

坳中涧水旁，古树满头霜。
疑似冬雪盖，惊知白梅放。

——2020 年 12 月 4 日作■

2021 年 6 月 5 日在“阆苑明月清风”公众平台第 72 期第 143 篇发表。

伴茶行

生活伴茶行，情感融茶汤。
细品个中味，禅意渐得彰。

——2020 年 12 月 5 日作■

尚武

拳剑刀棍舞，太极雄风鼓。
龙孙承国粹，华夏威胜虎。

——2020 年 12 月 7 日作■

2021 年 6 月 11 日在“耘恺太极”公众平台发表。

无　　题

青山不老水润之，
人生有趣情随之。
在世无为乏耕之，
行途有获勤践之。

——2020 年 12 月 8 日作■

滇西跃进

滇西高原景独好，
山青水盈人勤劳。
处处皆显跃腾景，
鸿志践行出新貌。

——2020 年 12 月 9 日作■

2021 年 6 月 15 日投“西部故人来”公众平台。

酒　　后

虽非为仙愿入仙，
小酒引路步履颠。
朦胧飘然随性去，
情动而发抒小篇。

——2020 年 12 月 12 日作■

诚·善·勤·德

诚以待人真心处，
善以处世良品树。
勤以兴业劳中获，
德以主道可久步。

——2020 年 12 月 13 日作■

2021 年 6 月 14 日在“不惟读书”公众平台第 56 期发表。

寻览澜沧江

翡翠玉带围青山，
澜沧江水峡中穿。
巅峰放眼江山美，
顺水游目逐心宽。

——2020 年 12 月 14 日作■

2021 年 6 月 5 日在“阆苑明月清风”公众平台第 72 期第 143 篇发表。

常悟

人生时时都得悟，
悟得道理自进步。
倘若遇事无思量，
浅薄而为多白付。

——2020 年 12 月 15 日作■

2021 年 6 月 14 日在“不惟读书”公众平台第 56 期发表。

山间品茗

天高气朗淡云游，
山青壑深涧水流。
花艳蝶舞和风畅，
茶香逸远出小楼。

——2020年12月18日作■

鲁史古镇

小镇古貌依旧，街横巷纵石路。
驻坡面对大山，历世毅然清悠。
茶马古道明珠，蹄印刻石呈奏。
书院才气汇集，古井甘泉涌流。
民朴风清德秀，霞客也曾拜游。
菩提叶茂参天，荫下添福延寿。

——2020年12月21日作■

2021年6月15日投“西部故人来”公众平台。

诗礼古墨

藏于深山古村落，古树古屋古石磨。
清流小瀑悠畅曲，坡上野花随风合。

——2020年12月22日作■

2021年6月15日投“西部故人来”公众平台。

元　旦　语

新年伊始心泪流，
疫中苦熬到春头。
全民鏖战降新冠，
世间唯显中国牛！

——2021 年 1 月 1 日作■

逆　　旺

寒雪催旺蜡梅，
暴雨洗得竹翠。
狂风舞起雄鹰，
逆流塑就志贵。

——2021 年 1 月 18 日作■

2021 年 7 月 7 日在“不惟读书”公众平台第 65 期发表。

冬季油菜花

满坡油菜黄，梯田托傣房。
江南冬季无此景，此时唯美在临沧。

——2021 年 1 月 27 日作■

贺武汉陈炳太极院参赛获奖。

太　极　拳

天地我傲立，神形舞太极。
华夏扬国粹，精气荡怀激。

——2021 年 1 月 28 日作

2021 年 6 月 11 日在“耘恺太极”公众平台发表。

致陈氏太极拳刘玄玄、陈永波教练。

力行当下

少壮合力图发展，力行当下放眼远。
历练心志勤进取，武门汝为更斑斓！

——2021 年 1 月 30 日作

2021 年 6 月 11 日在“耘恺太极”公众平台发表。

又迎炳师来武汉

春风又吹江城绿，炳师再临英雄城。
疫情携手同鏖战，奉爱惠民太极魂。

——2021 年 2 月 2 日作

2021 年 6 月 11 日在“耘恺太极”公众平台发表。

贺陈氏太极拳第十二代嫡宗传人陈炳先生率武汉陈炳太极院弟子牛年武汉春晚节目表演成功！

亮　春　晚

炳师领衔率众员，牛年武汉亮春晚。
刚柔并济神形往，气势恢宏冲霄汉。
江城花放又一朵，武汉陈炳太极院。

——2021 年 2 月 2 日作

2021 年 6 月 11 日在“耘恺太极”公众平台发表。

立春晚霞

立春晚霞真灿烂，太阳辉映双黄蛋。
暮纱帘后雄楼立，车水马龙塔吊转。
新春伊始兆好运，福临江城祸尽散。

——2021 年 2 月 3 日立春之日作

众　拾　薪

立春庆功聚明星，疲惫忘却喜悦浸。
举杯欢论团队好，火旺全靠众拾薪。

——2021 年 2 月 3 日作

注：其中“明星”指沌口明星酒店。

贺武汉陈炳太极院沌口分院揭牌开业。

吉 开

春风拂颜迎小年，国粹辉耀大业延。
明星汇聚精英在，太极传承同履前。

——2021 年 2 月 4 日作

2021 年 6 月 11 日在“耘恺太极”公众平台发表。

莫遮望眼

莫为浮云遮望眼，风物长宜放眼量。
好汉不醉迷魂酒，君子当识梅骨香。
甜言并非皆好心，直语常为治患汤。
鉴物岂只看表面，识人务必透表象。
套近须防图利来，平敬本真方好样。
短浅为之难走远，熟思慎动行路长。

——2021 年 2 月 4 日作

致四川文友万晓玲主编。

谦逊之君

万山叠峦行蜀道，晓霞绽彩文坛耀。
玲珑秀章溢才旺，君存谦逊气度高。

——2021 年 2 月 4 日作

疫后迎春

春临冬逝，云散天开。
雪融阳暖，否极泰来。

——2021 年 2 月 6 日作

祝各位太极拳爱好者新年快乐！

拳友新年好

金牛迎春喜气扬，牛气冲天呈吉祥。
恭贺拳友新年好，体健功进乐天长！

——2021 年 2 月 8 日作

辞旧

今天是今年，明天是明年。
今年年将去，明年年更甜。

——2021 年 2 月 11 日作

除夕红包雨

红雨连连下，情谊绵绵长。
辞旧欢欢喜，迎春乐乐忙！

——2021 年 2 月 11 日作

迎　　新

牛年春节艳阳照，神州喜庆好热闹。
爆竹声下齐歌舞，礼花满天华夏耀。

——2021 年 2 月 12 日作

老友一家再游冰岛老寨

青山游不尽，美景揽不完。
虽沿故道行，再添心悦欢！
滇西春光好，家聚非一般。
三口临沧会，和风祥云伴！

——2021 年 2 月 12 日作

窗　　外

寒去柳树新，春来花盛开。
莺歌燕起舞，人欢豪志在！

——2021 年 2 月 13 日作

白　　梅

犹如满树冰花，暖阳映照不化。
和风悠送清香，劲骨衬托无瑕。

——2021 年 2 月 14 日作

牛年新春

庚子初来沉寂景，今春江城人沸鼎。
新冠何奈英雄在，喜看柳岸花又明。

——2021 年 2 月 15 日作

无悔之行

书山秘境藏绚彩，
学海勤探出能才。
此生回首若无悔，
纳识践行步高台。

——2021 年 2 月 18 日作

2021 年 7 月 7 日在“不惟读书”公众平台第 65 期发表。

自驾往临沧

驱驾西南行，赴任履使命，
崎岖之路虽艰辛，乐往步不停。
急路心必静，沿途悠赏景，
神州处处皆风光，佳境陶心境。
老骥伏枥情，天真孩童心，
青壮矢志劲还在，乐于我自行。

——2021 年 2 月 19 日正月初八作

临沧春色

临沧春光早，满坡油菜茂。
俯看七色毯，仰望彩云飘。

——2021 年 2 月 22 日作

再添异彩

峡谷之巅放眼望，
青峦碧水云烟祥。
壮美画卷天公作，
再添异彩有儿郎。

——2021 年 2 月 23 日作

献给我的爱人。

花·蜜·泉·兰

一朵鲜花，历经风霜，
一只蜜蜂，花中繁忙，
一弯泉流，绵柔流淌，
一株兰草，崖头翘望。

掠过风光，受过寒降，
笑靥面世，飞舞翅膀，
蜿蜒曲行，承载善良，
向往美好，激情倾荡。

怒放花朵，美丽馨香，
天酿之蜜，甘甜神往，
潺潺山泉，清澈透亮，
崖头幽兰，远逸芬芳。

一朵鲜花，娇容非妆，
一只蜜蜂，挚爱献酿，
一弯泉流，润泽肝肠，
一株兰草，沁肺情放。

——2021 年 2 月 24 日作

临沧三角梅

城边满坡三角梅，
骨硬身刺花妩媚。
艳色簇拥美江山，
寒中绽放岂输谁。

——2021 年 2 月 25 日作

佳节思亲

月朗星稀夜，望空寄思人。
父母恩驻心，赤子永随魂。

——2021 年 2 月 26 日正月十五作

元宵致友

乘借明月光，祝福寄远方。
今生有缘情，知己永珍藏。

——2021 年 2 月 26 日正月十五作

赞文远芳教授舞剑。

茵地剑舞

文静学者七旬迈，
远胜青少精气在。
芳草地上英姿舞，
绝妙剑术引花开。

——2021 年 2 月 27 日作

2021 年 6 月 11 日在“耘恺太极”公众平台发表。

热烈祝贺益健堂智能穿戴设备生产基地奠基。

宏业腾达

十六月圆事更圆，
逢六大顺开新园。
益健堂内聚善德，
宏业腾达奔天元。

——2021 年 2 月 27 日作

浮云难掩皎月

正月十六月正圆，明珠一颗天际悬。
浮云难掩皎光洁，轻风拂过亮银盘。

——2021年2月27日作■

人生如云

霞光四射在前窗，浮云出彩依阳光。
倘若风起催云动，云色变幻非久昌。

——2021年3月3日作■

为大学同学踏青照而题

俊男靓女花中秀，岁月虽逝青春留。
四十余载相聚少，见面尽欢无他求。

——2021年3月5日作■

余晖

夕阳余晖映霞天，焕彩更胜此时前。
虽惜美景停不住，却留美好驻瞬间。

——2021年3月9日作■

2021年7月7日在“不惟读书”公众平台第65期发表。

学子如此

群集水中戏，自勤将食觅。
校园黑天鹅，杂喧无顾及。

——2021年3月10日作

赞武汉大学秦子来教授舞刀剑。

芳华仍茂

巾帼平时不露，出手岂是花绣。
刀剑只见光影，英姿芳华仍茂！

——2021年3月11日作

2021年6月11日在“耘恺太极”公众平台发表。

热烈祝贺滇西科技师范学院能源与动力工程专业获批2020年度云南省一流本科专业建设点。

力创一流

异军勇拓专业建，
卧薪尝胆力向前。
齐心树帜创一流，
育才之魂写新篇。

——2021年3月12日作

春遇黄钟木

黄色如铃立梢头,蓝天白云托隽秀。
淡雅渗出华贵气,翘首向天争春斗。

——2021 年 3 月 13 日作

晚课路上

晚霞铺路金光道,春风徐吹沐华少。
学子踏歌课堂行,怀志求知征艰遥。

——2021 年 3 月 15 日作

学府桃盛

喧嚣深处幽境在,粉艳桃花校园开。
秋储冬蕴春吐蕊,炎夏正时甜果来。

——2021 年 3 月 16 日作

樱花伴太极

樱花哪有健儿红,
春光何及太极风。
青春阳光在心里,
看我绿坪展豪雄!

——2021 年 3 月 17 日作

春风太极女

红袭靓女樱园游，舞动太极花犯愁。
谁说霓裳难御风，且看巾帼刚亦柔。

——2021 年 3 月 17 日作

2021 年 6 月 11 日在“耘恺太极”公众平台发表。

每早出门，常见滇西科技师范学院校园里晨读的学生，他（她）们是那样的专注与认真，敬佩他（她）们刻苦的学习精神，打心底为他（她）们点赞！

朝读者

今朝席地苦用功，
书卷熟读理吃通。
学子含辛奔未来，
严律自渡铸梁栋。

——2021 年 3 月 18 日作

为师重教

兴国强民应敬教，
授知播识当乐教。
传道张理必懂教，
巧诱正导须善教。

——2021 年 3 月 22 日作

2021 年 7 月 7 日在“不惟读书”公众平台第 65 期发表。

赏　樱

满树艳花胜其叶，
彩云托天散红雪。
春风轻拂娇姿舞，
笑靥迎宾美而洁。

——2021 年 3 月 26 日作

态　度

笑度素净时光，坦对波折人生。
淡看浮世红尘，静修善为禅心。

——2021 年 3 月 28 日作

祝贺陈氏太极拳第十二代嫡宗传人陈炳先生五十岁生日喜庆。

不争而勇

岁至半百青春在，
太极传承花正开。
不争而勇势恢宏，
亦刚亦柔神明怀。

——2021 年 3 月 29 日作

2021 年 6 月 11 日在“耘恺太极”公众平台发表。

插花吟

百态花姿由心造，
千缕情丝追逍遥。
静谧坊间织仙境，
雅簇香茗逐心俏。

——2021 年 3 月 29 日作

夕阳

夕阳落山去，余晖映满天。
不念中天旺，暮色作美篇。

——2021 年 3 月 31 日作

祭英烈

清明祭奠英烈魂，
忠心为国行远程。
热血谱就悲壮曲，
留下精神启后人。

——2021 年 4 月 4 日作

清　明　祭

清明时节雨纷纷，春意虽浓人断魂。
追思紧随梵烟去，祭拜双亲泪倾盆。

——2021 年 4 月 4 日作

远在云南临沧，遥祭家乡父母。

遥　　祭

春风轻掠拂汉江，细雨漫洒旷野苍。
游子遥叩献黄菊，恩藏于怀泪祭殇。

——2021 年 4 月 5 日作

暮　光　下

一池清水霞光映，天鹅戏游露矫情。
远山豁开揽暮色，近水赏景醉于心。

——2021 年 4 月 5 日作

清明禅品

清明香茗伴，鲜花茶席盘。
品得天赐味，悟得人生禅。

——2021 年 4 月 5 日作

梦　愿

不时梦中行，本真萌憧憬。
但愿年方少，力盛仍奋进。

——2021年4月6日作

赠云南春茗茶叶公司董事长杨春明先生。

春明赋春茗

古茶林中新茶香，
茶坊茶店满芬芳。
春明精培香竹箐，
春茗沁心逸久长。

——2021年4月10日作

在云南凤庆参观3200年茶树王。

千年茶树

千年茶树万众慕，
深山韬养叶葱茏。
春迎四方敬茶人，
神韵清香将宾奉。

——2021年4月11日作

忆 下 放

四十八载梭样过，当年今日始蹉跎。
热潮火浪乡间去，寒棚冷灶苦安窝。
风雨吹淋几春秋，幸有毅志为所获。

——2021 年 4 月 15 日作

傍晚勤读

临沧西河边，嫩柳缀岸沿。
学子携书伴，勤读忘暮天。

——2021 年 4 月 16 日作

来到滇西科技师范学院援教，收到两份非凡礼物：一枚党徽，醒你初心不忘；一张工作证，策你奋蹄续行。

续 行

花甲过五本逍遥，
滇西山道辞卧槽。
老骥余力尚未尽，
朽蹄续行育才道。

——2021 年 4 月 18 日作

鉴　　言

甜言若相迷，当省其来意。
忠言虽逆耳，切莫闻之离。

——2021 年 4 月 20 日作

谷　　雨

谷雨来临春将逝，茶旺竹翠花持美。
乡间田头耕耘人，勤播希望待丰回。

——2021 年 4 月 21 日作

低　　调

不浮夸海口，不炫耀拥有。
不占人风头，不轻易阔手。

——2021 年 4 月 22 日作

重拾篮球

暮年难与当年比，生龙活虎成记忆。
今朝筋骨岂如往，但留精神可策己。

——2021 年 4 月 23 日作

滇西师院

旗山脚下林木旺，滇西学府生机盎。
四季异彩无穷出，不息书声伴儿郎。

——2021 年 4 月 24 日作■

笔墨抒情

岁月无痕悄然逝，笔墨有情便有诗。
博爱彩绘天下美，善德净空任心驰。

——2021 年 4 月 25 日作■

蹄不停

马不停蹄缰不松，人生懒散岂成功。
在世若无奋进史，何谈活在幸福中。

——2021 年 4 月 26 日作■

2021 年 7 月 7 日在“不惟读书”公众平台第 65 期发表。

散步

暮色彩霞月光，
晚春清风芦荡，
信步校园悠悠晃，自在得心畅。

——2021 年 4 月 27 日作■

雪　莲　赞

高山气薄风雪寒，崖上石缝溢斑斓。
贫态恶境君绽放，娇颜立峰性坚顽。

——2021 年 4 月 28 日作

2021 年 7 月 6 日在“阆苑明月清风”公众平台第 76 期第 151 篇发表。

自　在　行

书山登探寻胜境，
墨海游弋纵心情。
诗林赏花植小草，
茶间品茗静养性。

——2021 年 4 月 29 日作

2021 年 7 月 6 日在“阆苑明月清风”公众平台第 76 期第 151 篇发表。

赞元阳非遗

高山群围大凹地，祖辈拓荒梯田砌。
引水种禾年年忙，世代耕作不荒季。
梯田本为谋生计，壮观却彰人志气。
非遗留得灵智在，景美贵在和天地。

——2021 年 5 月 1 日作

2021 年 5 月 14 日在“不惟读书”公众平台第 44 期发表。

元阳梯田

天下人间万花筒，深隐元阳大山中。
梯阶水镜神工镶，映射壮美气恢宏。
朝显雾腾旭日红，午现云游蓝天空。
暮展霞放七彩色，夜示月明繁星拱。
人到此处入仙宫，身临云海览苍穹。
天有异彩多变幻，地由凡人着色浓。
坝达多依两望眼，朝暮赏景美不同。
惊叹人与天地和，造就奇美并非梦。

——2021 年 5 月 2 日作■

2021 年 5 月 14 日在“不惟读书”公众平台第 44 期发表。

秧田美

梯田层层布山坡，水光滢滢满山窝。
插秧妹妹下山来，田间阵阵起山歌。

——2021 年 5 月 2 日作■

2021 年 5 月 14 日在“不惟读书”公众平台第 44 期发表。

荷塘景

初荷浮绿水，风和杨柳垂。
塘中影成双，俯首观云飞。

——2021 年 5 月 4 日作■

元江会沈文革同学

喻家山下是同窗，
四十多年成过往。
岁月无情催鬓白，
把酒忆昔聚元江。

——2021 年 5 月 4 日作

醒 与 醉

蓝天白云凤尾竹，
高山幽径三角梅。
暖阳和风春梦醒，
鸟鸣花艳迷人醉。

——2021 年 5 月 7 日作

雷 家 大 院

潺潺流水石板路，
深深庭院青翠竹。
行客到此步难移，
古色雅景留君宿。

——2021 年 5 月 13 日作

讲　课　去

晨风清悠拂面爽，兴浓步健乘朝阳。
老翁仍续当年业，不失情怀赴讲堂。

——2021 年 5 月 14 日作

2021 年 7 月 7 日在“不惟读书”公众平台第 65 期发表。

山中雨景

乌云催雨下，雾与云相连。
山隐雾帘后，溪流翠竹前。

——2021 年 5 月 17 日作

眼　　前

云罩山峦坡面阳，小河穿城水映光。
和风撩柳拂羞花，夜幕徐现月照廊。

——2021 年 5 月 20 日作

圆　　融

与人若为善，何须存计较。
舍弃自私念，常行和谐道。

——2021 年 5 月 22 日作

读人修心

难读当数人之书，
益身首为宽之心。
学会读人读自己，
悟理修心修德行。

——2021年5月29日作

2021年7月6日在“阆苑明月清风”公众平台第76期第151篇发表。

银龄六一聚

相识已有六十年，岁月沉积情更绵。
虽旅各途少相见，六一重逢欢歌延。
有缘儿少同窗度，无悔此生君心牵。
童心童真童趣在，银发聚首乐满颜。
但愿今叙时常有，恭祝君体永康健。

——2021年6月1日作

赞阆中伏志明老师写先市酱油一文。

入味佳品

酱油一滴美非遗，佳品入味觉鲜逸。
昔酱今文扬国粹，民间才彰出神奇。

——2021年6月2日作

受临沧朋友之邀，参加具有民族风情的佤族之宴。

佤 宴 美

高亢佤语情歌亮，奔放佤舞精气扬。
美味佤宴酒兴高，浓郁佤味尽酣畅。

——2021 年 6 月 5 日作

滇 西 景

青山连绵云雾飘，峡谷深处绿水绕。
天空七彩霞光映，大地四季艳花俏。
高原山路蜿蜒去，崖顶瀑布垂直啸。
坡上幽林民居隐，林中百鸟尽欢叫。
清风阵阵拂树梢，山溪潺潺奏歌谣。
梯田层层庄稼旺，马路道道车喧嚣。
异地异景异民俗，同心同德同步调。
滇西风光难尽揽，但觉民风领风骚。

——2021 年 6 月 13 日作

2021 年 6 月 15 日投“西部故人来”公众平台。

端 午 思

臣忠为国忧，浊世入清流。
民族兴旺事，赤子以身求。

——2021 年 6 月 14 日作

2021 年 7 月 6 日在“阆苑明月清风”公众平台第 76 期第 151 篇发表。

赞文友相聚

文友相聚延文风，
情感文采相交融。
各路君子同兴来，
同道志趣各兴浓。

——2021年6月16日作

荷　　塘

日丽荷绿缀星红，
风和水清鱼欢动。
蝉鸣柳拂蜻蜓舞，
莲花仙子秀艳容。

——2021年6月18日作

2021年7月13日在“阆苑明月清风”公众平台第78期第155篇发表。

贺武汉陈炳太极院三镇布点教学成功！

太极花开

神州劲吹太极风，
修身健体绽骄容。
神定心静纳清气，
柔运刚动立世中。

——2021年6月20日作

茶学专家龚正礼教授傍晚在冰岛小镇鉴茶时赋五言美诗一首，并附上暮色美照，赏后不由和之。

冰岛迎君

晚霞托月出，夜幕晚来迟。
冰岛山风清，香茶迎君至！

——2021年6月22日作

取　舍

眼中有美满目春，
心中无怨幸福盈。
胸中有志征程远，
脑中无杂思绪灵。
腹中有才务社稷，
手中无污行事清。
怀中有爱众生济，
念中无私普善心。

——2021年6月24日作

2021年7月6日在"阆苑明月清风"公众平台第76期第151篇发表。

雨后山景

阳光透云照远山，山峦峰叠弥纱幔。
徐风轻吹彩纱舞，山稳其中静打禅。

——2021年6月26日作

庆贺中国共产党成立一百周年。

伟大政党

初心不忘，使命担当。
矢志践行，坚定方向。
筚路蓝缕，基固业旺。
开辟未来，再创辉煌！

——2021 年 6 月 28 日作

砺写风华

一路艰辛举红帜，
十足精神劲不失。
百年砺写雄壮史，
千秋吟颂风华诗。

——2021 年 6 月 29 日作

池边晨景

树拥花簇拱彩窗，
窗外池清映晨光。
鹅戏碧水波舞云，
一池秀色待朝阳。

——2021 年 7 月 5 日作

2021 年 7 月 13 日在“阅苑明月清风”公众平台第 78 期第 155 篇发表。

滇西校园晨曲

清晨缕缕清风，掠洗校区园中。
远见云绕青山，近观一帘葱茏。
树翠草绿花香，湖盈涟漪影动。
醒鸟欢快唱早，霞透秀林嫣红。
岸柳垂亲清溪，小道蜿蜒幽通。
水榭静坐湖边，群楼星隐树丛。
朝阳吐金铺道，赤子赴学潮涌。
志者勤奋早行，造就跃虎飞龙。

——2021 年 7 月 8 日作■

2021 年 7 月 13 日在“阆苑明月清风”公众平台第 78 期第 155 篇发表。

学子军训

绿茵场上迷彩装，军歌彻天口号亮。
正步迈出雄姿来，气势排山儿女棒！

——2021 年 7 月 10 日作■

吟晚霞

山峦之巅，落日徐徐西下。
两峰如手，难将落势阻架。
淡蓝的天幕上，
渐现出绚丽的晚霞。
七彩斑斓，在灵动涂鸦。

无笔之作，却神幻天下。
虽已黄昏，
呈献人间一幅幅绝美醉人的画。
观夕阳，赏晚霞。
悟人生，堪如她。
——都有朝起午旺夕下。
一程走来，
或遇云雾迷漫，或经风雨交加。
或伴青山秀水，或享世间馈答。
——皆属命运之驱驾。
过往留下美好，蹉跎锤炼盔甲。
老来淡然所有，随性释放晚霞。
尽管夜幕必将落下，
余晖能增彩大宇，
旖旎风光，
也会回赠大家。

——2021 年 7 月 12 日作■

2021 年 7 月 13 日在“阅苑明月清风”公众平台第 78 期第 155 篇发表。

喜见彩虹

雨过山清空气新，阳光透云渐转晴。
凌空长虹呈丽色，七彩天门福运迎。

——2021 年 7 月 13 日作■

2021 年 8 月 21 日在“阅苑明月清风”公众平台第 82 期第 164 篇发表。

山中临沧城

一片蓝天一簇云，一线青山一座城。
一条小河一岸柳，一池花海一春魂。
一派安和一谐曲，一幅雅景一醉人！

——2021 年 7 月 14 日作

2021 年 8 月 21 日在“阅苑明月清风”公众平台第 82 期第 164 篇发表。

文 友 会

凝聚即生力量，友善带来欢畅。
文学交流心声，道合情系一堂。

——2021 年 7 月 14 日作

上恩甘润

雪山皓洁冰化水，
溪壑载情清泉流。
高下无止欢畅至，
上恩甘润驻心游。

——2021 年 7 月 15 日作

2021 年 8 月 21 日在“阅苑明月清风”公众平台第 82 期第 164 篇发表。

水上黑天鹅

碧水载浮黑天鹅，优雅仪态轻划波。
体健羽秀赤白嘴，群鱼为伴均悠乐。
自在觅食非相争，镜池上下皆谐和。
此景尤应神州影，坦立寰宇豪迈歌。

——2021 年 7 月 16 日作

2021 年 8 月 21 日在“阆苑明月清风”公众平台第 82 期第 164 篇发表。

谦恭笃行

行于群山坳，一山更比一山峭。
游在海中涛，一浪更比一浪高。
山中有虎啸，一虎更比一虎傲。
大海腾龙蛟，一龙更比一龙潮。
当服人才高，一人更比一人耀。
长持敬畏孝，一报更比一报妙。
莫玩世间巧，一招更比一招糟。
且走谦实道，一步更比一步俏。

——2021 年 7 月 17 日作

2021 年 8 月 24 日在“不惟读书”公众平台第 80 期发表。

观年逾花甲的秦子来教授练拳。

惊　　叹

远看是丫头，细瞧是教授。
行武掩年岁，英姿展身手。

——2021 年 7 月 18 日作

今做课件忙

课件乃为讲授纲，为师再久莫淡荒。
精研细制课前事，只为学郎征途昌。
教材为主思想放，理论实践融恰当。
与时俱进纳新识，引导创新追时光。
内容组织适对象，思路逻辑理顺畅。
阶次递进渐渗里，承前启后串各章。
主题突显重点亮，言精图晰醒眼眶。
呈堂板面清秀美，别让受者疲里撞。
此时磨刀辛苦状，来日砍柴功效旺。
课件助教虽利己，团队共享更绽光。
师者育才奉为上，子弟获学方成梁。
严谨治学踏实做，课件至优赢课堂。

——2021 年 7 月 18 日作

2021 年 8 月 24 日在“不惟读书”公众平台第 80 期发表。

和龚国珍老师的荷塘之感。

夏日湖边

湖水涟漪泛诗意，绿荷碧茵勾希冀。
荷花妖娆婷婷立，风流自洁出淤泥。

——2021 年 7 月 20 日作

2021 年 8 月 21 日在“阆苑明月清风”公众平台第 82 期第 164 篇发表。

馈　源

溪水总长流，何以是源头？
植被承天露，清泉何以愁！
饮甘思来由，载舟勿盲游。
养得高山茂，滋润自然酬。

——2021 年 7 月 21 日作

2021 年 8 月 21 日在“阆苑明月清风”公众平台第 82 期第 164 篇发表。

河南抗洪赞

天灾突降中原地，洪水肆虐催人泣。
新冠侵扰波未尽，又临洪袭抗新敌。
虽有天公不作美，幸有军民同心力。
泱泱华夏尽大爱，文明神州满爱溢。
有难共帮早忘我，舍己奉献战流急。
弱者优先境界美，勇者当先险前立。

八方响应速驰援，同根情深共出击。
感人场面一幕幕，催人情动热泪滴。
磨难已就坚强志，豪歌一曲团结律。
人性此时绽华美，唯我中华数第一！

——2021 年 7 月 21 日作

2021 年 7 月 22 日在“今日头条”上发表。2021 年 8 月 22 日登载在湖北省高校老年协会“高校老协”公众平台上。

赞武汉陈炳太极院及太极拳学员们支援河南抗洪救灾善举。

武者德高

太极源河南，子弟遍武汉。
两地情紧系，携手渡艰难。
你帮我抗疫，我助你止滥。
同心护神州，抗险一起担。
前方你勇顶，后方我协援。
武德再弘扬，善举尤灿烂。

——2021 年 7 月 22 日作

雨后观虹

一场风雨洗世尘，空净气新沁凡人。
彩虹飞架苍穹美，群山举托画出神。

——2021 年 7 月 23 日作

品云南凤庆春茗茶业有限责任公司杨春明总经理赠送的自产单株古树千岁红茶产品：

静享千岁红

闲暇静泡千岁红，醇香甘甜激兴浓。
古气悠长耐持久，一道一味迷其中。

——2021 年 7 月 24 日作

霞 光 涂 彩

湛蓝天幕好作画，霞光为笔尽涂鸦。
云朵任尔着色彩，霓虹飞天为君架。

——2021 年 7 月 25 日作

2021 年 8 月 21 日在“阆苑明月清风”公众平台第 82 期第 164 篇发表。

游立景阁赋

高原之上群山中，蓝天之下徐来风。
夕阳辉洒黄昏美，晚来妙现彩云空。
行途之上觅正道，敞怀之下心得松。
老骥畅情余力去，暮临求德不求功。

——2021 年 7 月 26 日作

2021 年 8 月 24 日在“不惟读书”公众平台第 80 期发表。

静　夜　耕

案头有活撂心间，晚寝早起三更天。
独静啄键飞时度，不觉晨曦透纱帘。
假日精备施教案，乐在其中耕新田。
龄高觉少勿荒时，愿播优知促识延。

——2021 年 7 月 27 日作

2021 年 8 月 24 日在“不惟读书”公众平台第 80 期发表。

雨　　中

山间云过在雾里，云吐银丝施洗礼。
雨打青荷尘沐净，思随水波泛涟漪。

——2021 年 7 月 28 日作

武汉协卓联合贸易有限公司董事长、武汉陈炳太极院学员李丽女士为河南遭遇特大暴雨和洪涝灾害而赈灾捐款十万元，闻之感动而赞之！

丽　人　赞

太极学子德无疆，善举急应施豫乡。
默行大爱救灾困，丽品美心大弘扬。

——2021 年 7 月 28 日作

山　里　游

清心寡欲游山间，
愁消趣长赏云天。
喜听泉曲百鸟唱，
乐见奇木秀峰巅。

——2021 年 7 月 30 日作

2021 年 8 月 24 日在“不惟读书”公众平台第 80 期发表。

借暑假之机，从云南临沧返回已别半年的武汉之家。

喜　　归

午登腾空燕，滇上穿云天。
坐行银海路，向北喜归旋。

——2021 年 7 月 31 日作

立　　秋

已入落叶季，喜待枫叶红。
秋来天高爽，眼收霞彩浓。

——2021 年 8 月 7 日作

返　　岗

昨天刚立秋，今日往临沧。
回汉几日难留长，假期未满急返岗。
疫情又泛起，病毒逞猖狂。
担心随之行有障，不如提前飞南方。
绿码握在手，核检也带上。
层层关卡行色忙，客少点准一路畅。
争得早到位，留得时空旷。
行事充备排好档，莫因不周课堂荒。

——2021 年 8 月 8 日作

高梦美歌

高亢一曲菩萨蛮，梦萦江楼黄鹤盘。
歌中举酒颂新境，美心醉意涌狂澜。

——2021 年 8 月 9 日作

新冠病毒疫情再起期间，身处临沧滇西科技师范学院的暑假校园，这里可谓：

温馨安全岛

雨后山巅雾萦绕，溪前山泉奔腾哮。
野外山花吐芳艳，身边山风爽意撩。
园内空寂人流稀，静谧安全无毒扰。

——2021 年 8 月 10 日作

入秋思

蒙蒙细雨纱遮山，沉沉乌云天色暗。
轻轻凉风吹落叶，叽叽鸟语吟暑淡。
人生多少炎与寒，天地轮回苦兼甘。
四季虽有相异韵，善赏各长心得欢。

——2021 年 8 月 12 日作■

迎战德尔塔

新冠二波德尔塔，毒烈易染急速撒。
党政尽责快反应，彻查毒链截毒爪。
党员干部基层下，心系民生实地抓。
重疑对象严把控，免费核酸及时查。
医护人员再披甲，艰危一线又重踏。
应急处置防与治，誓胜毒魔筑康塔。
万众抗疫信心大，防范意识注心榻。
人人都把口罩戴，出行当持健康码。
自避聚集少拉呱，外有接触施消杀。
全民围堵配合好，唯我华夏有妙法。

——2021 年 8 月 13 日作■

七夕

鹊桥远悬天空上，织女七夕会牛郎。
古留挚爱今慕仰，莫虚情调当继往。

——2021 年 8 月 14 日作■

池　边　枫

池边俊俏枫，彩妆簇贵容。
乘风华舞起，水镜秀叶红。

——2021 年 8 月 15 日作■

英 气 雄 势

山石之道路难行，英气豪放雄势盈。
拳舞绿荷红莲处，一湾清水映倩影。

——2021 年 8 月 15 日作■

天　道　华

它叶秋尽我叶发，适逢时节补绿差。
天道总植人间美，人间当惜天道华。

——2021 年 8 月 16 日作■

品 茗 消 困

细雨绵绵山气清，徐风轻撩四周静。
秋景因疫难尽享，安守茶台品香茗。

——2021 年 8 月 17 日作■

温馨抵达

收到几份河南油茶，山药五仁麦粮共掺杂。
还有几瓶高档红酒，口味和包装一样奢华。
……
见之特感动，品着心开花。
虽支教滇西远离江城之家，
仍享有家之温馨满溢天涯。
远隔千里远，日久山川跨。
时空未隔情，总有弟子亲友把吾心间挂。
何止此一番，各方关爱向此倾情洒。
慰藉在心灵——天赐良职，结缘广大。
情分紧系，常有温馨抵达！

——2021年8月18日作

读龚国珍老师的作品有感。

笔逸墨香

耆耇之人将奔七，
勤游书海墨香逸。
精神不显年岁在，
文章老道出奇笔。

——2021年8月18日作

茶 室 间

清雅一茶席，绿叶一枝花。
邀朋一聚首，温馨一堂华。

——2021 年 8 月 19 日作

三分存与让

十分强势露七分，余下蕴藏作储存。
切莫实力全抖尽，关键之时无后呈。
人间生来妒全能，巅处必遭恶风阵。
智者避风退三舍，绝处亮剑更出神。
在世恭学寻平衡，勿占风头一人逞。
君子有度自谦让，三分空间留他人。
知足方入快乐门，贪婪必陷泥潭深。
万事莫走极端路，一生当求安稳魂。

——2021 年 8 月 20 日作

水 之 善 性

源净流清自高山，包容接纳汇成川。
聚气善和应天道，百折不回东去欢。
勇往直前越众碍，能屈能伸也能弯。
刚柔并济兼有之，以柔克刚石滴穿。
厚积薄发久惠世，润泽万物缀江山。
周济天下默无声，功成身退自娱安。

——2021 年 8 月 21 日作

中元寄哀思

冷月寂空盘，秋风催叶残。
宁野静安处，虔诚供祭坛。
俸酒天地洒，纸锭一堆燃。
献菊寄哀思，焚香对天唤。
祀拜叩逝亲，躬迎祖魂还。
久别断肠思，今聚情泪弹。
骨肉缘固系，慈孝继世传。
铭承教养恩，祈您天堂安。

——2021 年 8 月 22 日中元节作■

2021 年 8 月 22 日在“今日头条”发表。

变　幻　中

云遮山变幻，山遮云变幻。
云山多变幻，世道此变幻。
变幻中变幻，难以穷变幻。
静心观变幻，平心应变幻。

——2021 年 8 月 25 日作■

力搏至安

立世倾力搏，直往践信念。
风雨至暮路，心归仍少年。

——2021 年 8 月 26 日作■

清流必稳

西河水随山雨来，
清浊缓急任天派。
急浊缓清自然象，
清流必稳浊至艾。

——2021 年 8 月 28 日作■

顺自然

道法自然顺其行，
立世莫贪利和名。
勤耕不问舍与得，
功成德垒会馈赢。

——2021 年 8 月 29 日作■

逸中羁

抒兴悠品酒和茶，
荡怀墨行字与诗。
揽胜漫游山和水，
获实勤务本分事。

——2021 年 9 月 1 日作■

暮 年 为

设低物质的期盼，避开欲望的失落。
追求精神的丰盈，增添充实的感觉。
淡化名利的追逐，减少虚劳的奔波。
续履能及的作为，莫甘活力的荒漠。
重视体魄的康健，尽享生活的快乐。
布施真诚的善良，造就幸福的衣钵。

——2021 年 9 月 3 日作

金 星 之 光

遥远天际一颗闪耀的星，
点缀夜幕格外格外的明。
不知是秋风吹走了浮云，
还是高原之上离你太近，
把你看得如此如此之清，
孤独中你是那么的晶莹！
每当你伴随黄昏而来临，
喧嚣逝去，
山野渐趋宁静。
草木羞垂，
虫鸟隐约唱吟。
山廓起伏，
夜幕托之素影。
溪水潺潺，
星光映波粼粼。

秋风撩衫，爽意润浸，
漫步望星，思绪无垠。
你的光亮何因云与距离而暗明，
浩瀚宇宙中你始终焕发着真性。
用你的光——
营造山河一派祥和与安宁，
给予人间一片柔情和温馨。

——2021 年 9 月 4 日作■

秋日课堂

秋风送吾进课堂，
秋雨伴述协音畅。
潇潇丝雨悠悠润，
莘莘学子茁茁长。

——2021 年 9 月 7 日作■

师者

吐丝之春蚕，尽燃之红烛。
铺路之基石，育才之泥土。
勤劳之蜜蜂，润花之雨露。
倾心之园丁，延根之老竹。
俯首之人梯，载舟之江流。
敬业之精匠，传道之正遒！

——2021 年 9 月 10 日作■

写在新教师岗前师德师风建设培训讲座时。

德育新苗

新苗初破土，仰首待雨露。
老丁如往作，兴乐劳田头。
师风已蔚然，师德垒心留。
育才苗植正，树人德居首。

——2021 年 9 月 11 日作

2021 年 9 月 28 日发表于“阅苑明月清风”公众平台第 88 期第 175 篇。

觅真友

偶遇穷友哄财走，常见富交不援手。
平日甜言美如蜜，但于实难却现丑。
逐利失义慎往来，善举勿向小人游。
持富缺仁可淡去，误得其惠更烫手。
处世相交休依言，危难识人辨其图。
大千尘世排障眼，重情观行觅真友。

——2021 年 9 月 15 日作

贺神舟十二号返回舱今午十三点三十四分安全着陆。

神舟归来

广袤戈壁传惊喜，
神舟精准归大地。
英雄豪放去与返，
祖国前行彰实力。

——2021年9月17日作

上和下

上山实不易，下山也很难。
登高费其力，折返腿疲颤。
不劳攀之苦，何以巅处站。
峰端可极目，悦揽美河山。
若回来时处，受罪又一番。
此为必行路，坦然向终端。
世间来一遭，哪能无登攀。
待到回程时，无惧且心宽。

——2021年9月18日作

2021年9月28日发表于“阆苑明月清风”公众平台第88期第175篇。

今年中秋在滇西，支教于此与家离，狂借苏轼诗格律，泻出心语将思栖。

滇西度中秋

明月今夜有！凝神望皓天。
静赏天上宫阙，思泛辛丑年。
空明月圆云去，倚石远观群宇，微风伴秋寒。
柔光绘山影，此刻居山间。
登台阁，眺吾户，难入眠。
虽有离恨，相思哪有当事圆！
人有悲欢离合，月有阴晴圆缺，此时难揽全。
却愿情长久，相逢共舞娟。

——2021 年 9 月 20 日作

2021 年 9 月 22 日在“阆苑明月清风”公众平台第 85 期第 170 篇发表。

辛丑中秋夜

冰轮行云光影秀，
玉兔天宫喜中秋。
嫦娥乐舞红晕泛，
皎月洁光相思勾。

——2021 年 9 月 21 日作

2021 年 9 月 22 日在“阆苑明月清风”公众平台第 85 期第 170 篇发表。

诺邓行

一伙同道人，有缘诺邓行。
共游山水美，同赏秋月明。
亭台茶酒欢，笑语逐开心。
此行长留忆，难尽众余兴！

——2021年9月21日作■

月下行舟

十五月亮十六圆，
圆月无语洁高悬。
皓空留得镜一面，
阔海省身好行船。

——2021年9月22日作■

2021年9月22日在“阆苑明月清风”公众平台第85期第170篇发表。

明珠秀色

十六圆月时，净空无云穿。
夜深观秀色，枝头明珠悬。

——2021年9月22日作■

秋分回甘

秋分迎丰收，回甘在此时。
虽有耕耘苦，但觉收获值。

——2021年9月23日作■

老者多子

自主的棋子，寻趣的学子。
淡欲的愚子，善为的憨子。
沉稳的楞子，明了的呆子。
爱玩的疯子，快乐的傻子。

——2021年9月24日作■

一日流水

一人在此贤内归，一早起来复轮回。
一身洁轻进早餐，一个馒头牛奶陪。
一会跟进必食药，一时忘掉自吃亏。
一壶香茗先冲起，一朝静下悠端杯。
一日必投工作时，一丝不苟良心对。
一临课前精研习，一上讲台神增倍。
一支拙笔寻闲游，一纸墨痕写心扉。
一旦有空山里钻，一览美景找陶醉。

一餐食堂图便捷，一顿佳肴晚自烩。
一杯小酒陪黄昏，一路漫步赏霞飞。
一拨朋友常交聚，一逢兴高笑语堆。
一天平静坦然过，一晚去忧安稳睡。
一心善处眼前事，一生回首无悔追。

——2021年9月25日作

观　彩　云

天大的画布，无形的风笔。
美妙的色彩，仙般的暇逸。

——2021年9月27日作

秋　耕

山外斜阳湖中影，
窗前清风桌上书。
秋暮独静字间耕，
辛劳且乐疑惑诛。

——2021年9月29日作

国庆心语

神州，万里锦绣；祖国，昌盛傲首。
炎黄子孙砥砺行，
华夏儿女弄潮头。
七十二载风雨日，
一路辉煌自写就。
党魂，光辉引路；国志，图强奋斗。
卧薪尝胆谋发展，
披荆斩棘历艰途。
民生向富日新异，
国力强盛居鳌头。
民族，和谐共谋；人民，齐心同舟。
不忘初心担使命，
继往开来逆水游。
东方红日耀寰宇，
龙脉相承立世秀。

——2021 年 10 月 1 日作

独　静

秋高气爽日，友朋结伴行。
老疾腰痛犯，无奈于家停。
泡上冰岛茶，佳茗独静饮。
山川虽未游，心中生风景。

——2021 年 10 月 2 日作

相　依

云彩随着阳光变，流水依从山势淌。
人智恭学前贤高，国兴当出民志强。

——2021 年 10 月 3 日作

沃　土　犁

老骥余力走滇西，
落处恒春皆适宜。
园间一载耕耘作，
心头乐在花绽蒂。
好山好水好气息，
惜时惜机理良地。
此生此行不负往，
尽心尽力沃土犁。

——2021 年 10 月 4 日作

天 高 云 淡

天高云淡驻于心，宽厚友善施之情。
行正奉甘承美德，质朴真诚延良性。

——2021 年 10 月 5 日作

与往年一样，张传虎董事长借国庆假期之闲，邀86岁高龄的张勇传院士和众友欢聚，快乐之时不由助兴之。

众中俏

院士鹤寿精神好，勤耕善思学识高。
诗文荡漾博怀情，心灵美曲众中俏。

——2021年10月6日作

恰好

一束光在黑暗中亮特别地明！
一抹红在杂色中现特别地艳！
一股力在艰危中使特别地强！
一颗心在诚善中献特别地亲！

——2021年10月7日作

晨韵

曼妙晨雾绕山巅，轻盈微风舞纱翩。
乘山漫游天宫海，踏石伴林尤似仙。

——2021年10月8日作

留言六十七

今秋六十七，鬓花发疏稀。
日月催人老，光阴逝去急。
岁增初心在，年高志难移。
余能续其道，乐在仍伏枥。
行于暮途中，不乏有磨砺。
借用积累识，适当予调剂。
量力巧为之，效拙尽可避。
舒心保体康，无损兼达的。

——2021年10月9日作■

落日绽辉

落日恋世难舍去，
余晖尽洒绘天朱。
暮光伴影丹青在，
且待轮回朝阳续。

——2021年10月11日作■

至老存厚

久陈普洱茶味长，深藏佳酿酒醇香。
终日夕阳放霞美，止年蜡梅笑颜张。

万古山河隽秀在，千载苍柏枝叶旺。
历久纳得精气多，何忧岁增生惆怅。

——2021 年 10 月 12 日作

一年回顾

时光流逝快如梭，至此支教一年多。
明责识体知任务，适其所求知识播。
学科建设献己力，教学改革引思扩。
教学体系优调整，施教计划与实合。
核心课程领衔建，课件媒体精制作。
示范教学带新手，教学升质行上坡。
项目申请鼎力助，为升水平寻突破。
同心谋划发展道，力建一流好学科。
学术交流互沟通，长足之见相融合。
坚守一线面弟子，指导论文亦讲课。
激发后辈当今责，传道授业干实活。
严谨治学起表率，认真履责慰中过。
为师自觉扬师德，继学潜心育新禾。
老骥愿倾所之能，余热生辉何不乐。

——2021 年 10 月 15 日作

书法

SHUFA

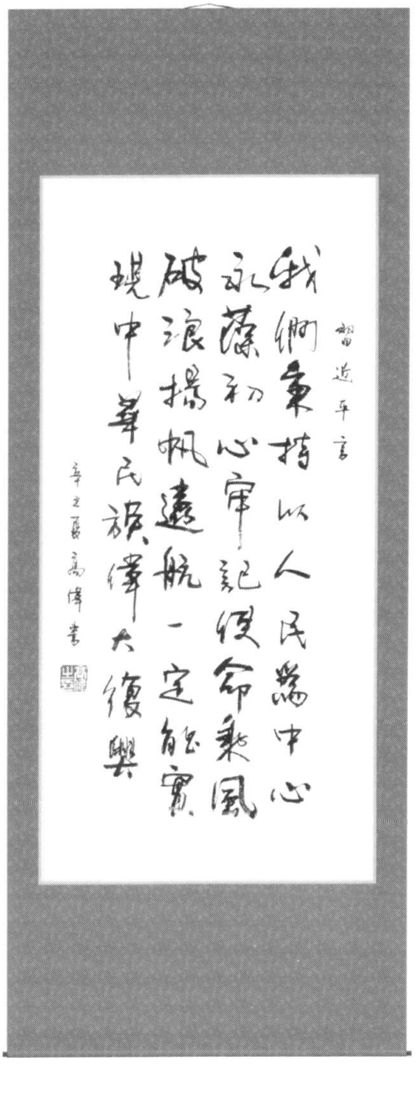
我們秉持以人民為中心
永葆初心牢記使命乘風
破浪揚帆遠航一定能實
現中華民族偉大復興
習近平言
辛丑夏 高偉書

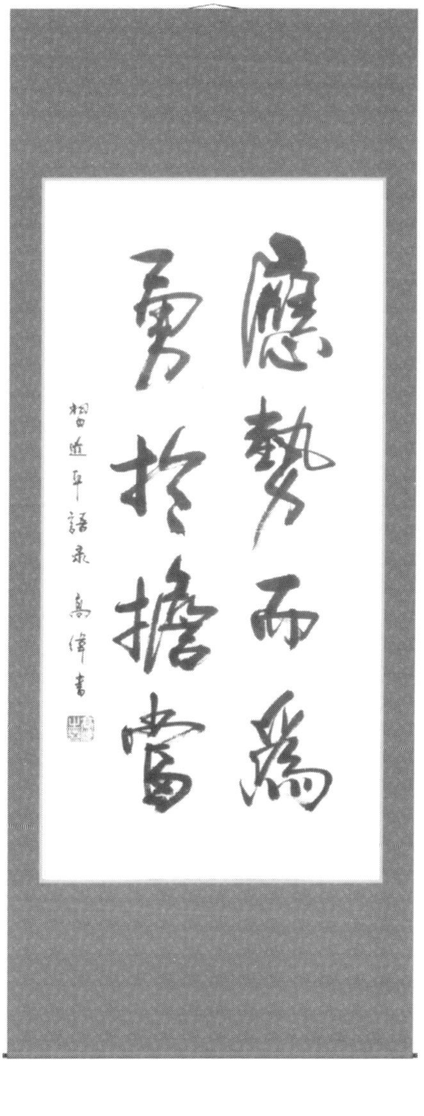
應勢而為
勇於擔當
習近平語錄 高偉書

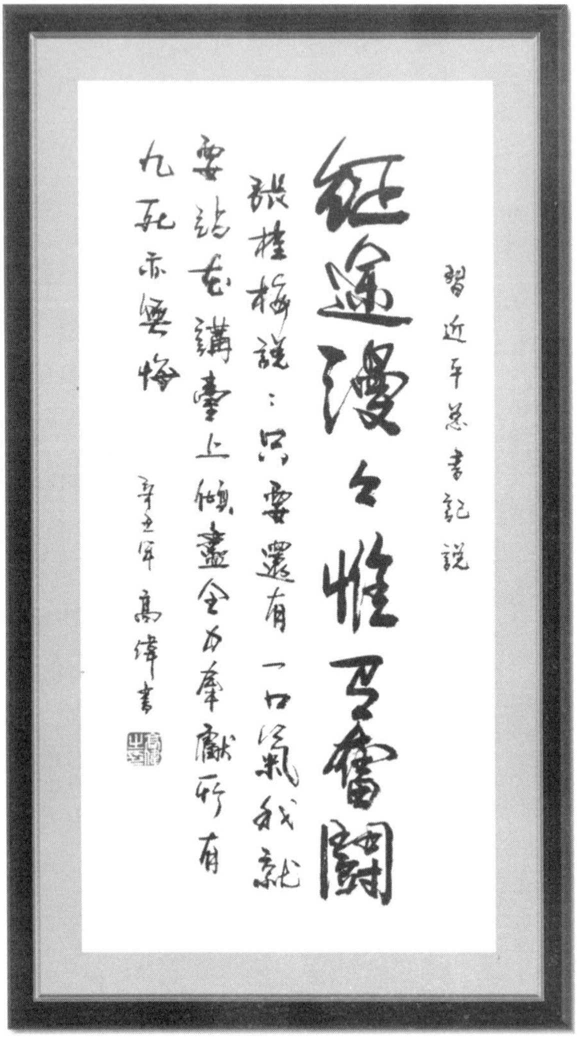
習近平總書記說
征途漫漫惟有奮鬥
張桂梅說：只要還有一口氣我就要站在講臺上傾盡全力奉獻所有九死亦無悔
辛丑年 高偉書

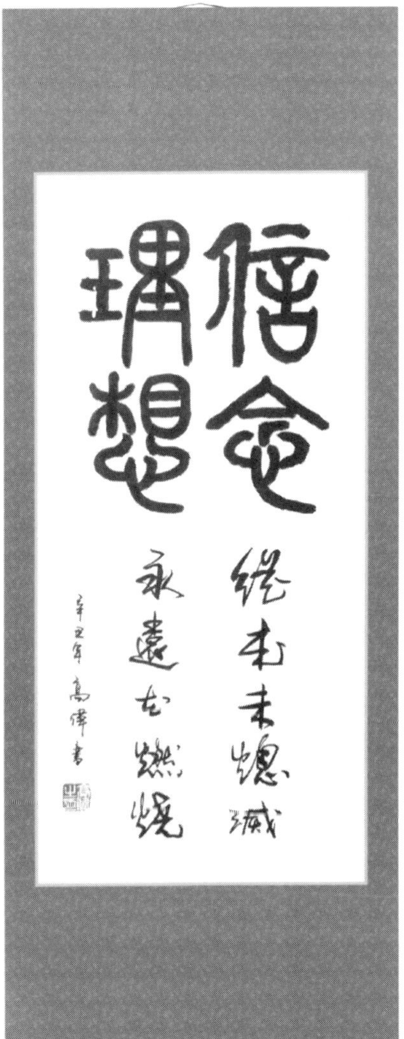

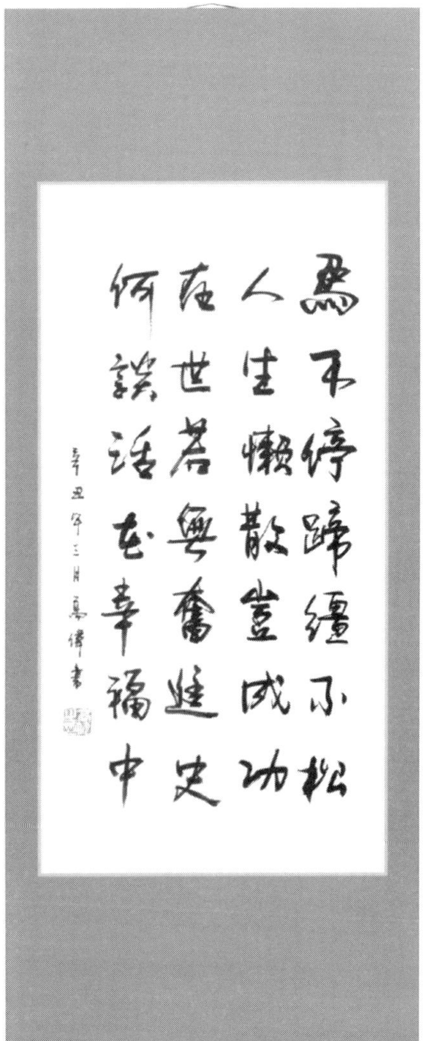

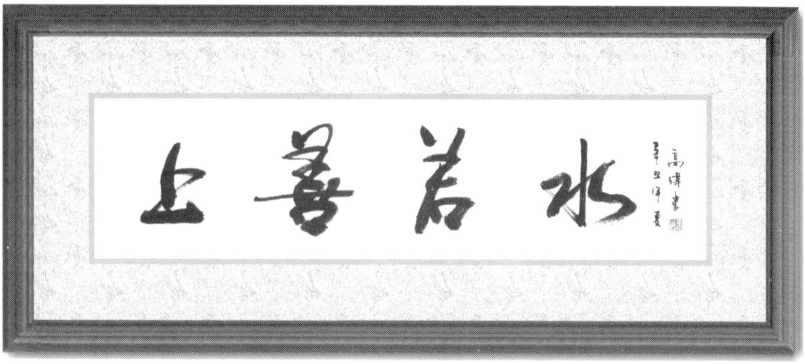
上善若水
辛丑年夏 高伟书

宋·司马光言
才者德之资也
德者才之帅也
辛丑春 高伟书

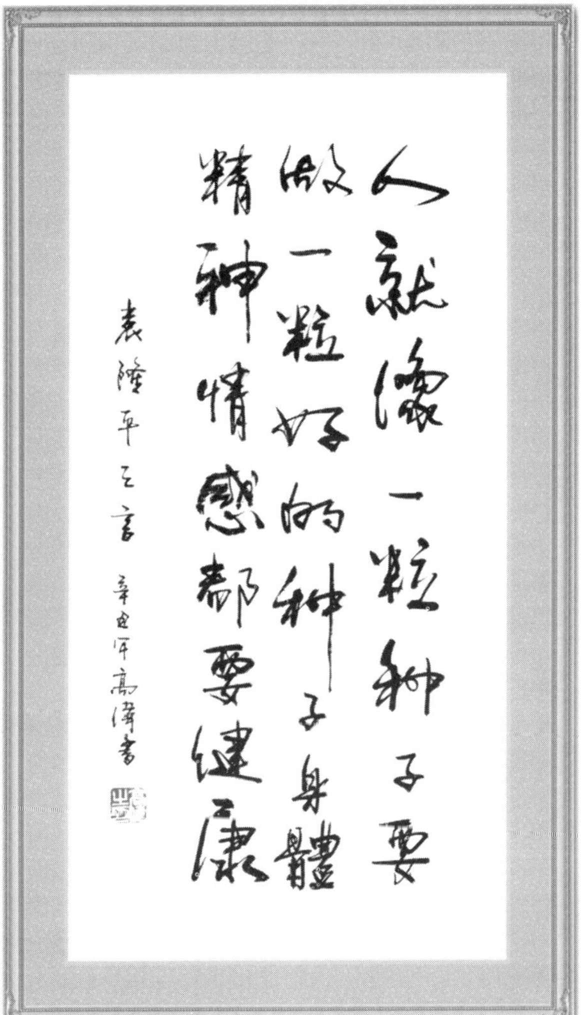
人就像一粒种子要
做一粒好的种子身體
精神情感都要健康
袁隆平之言

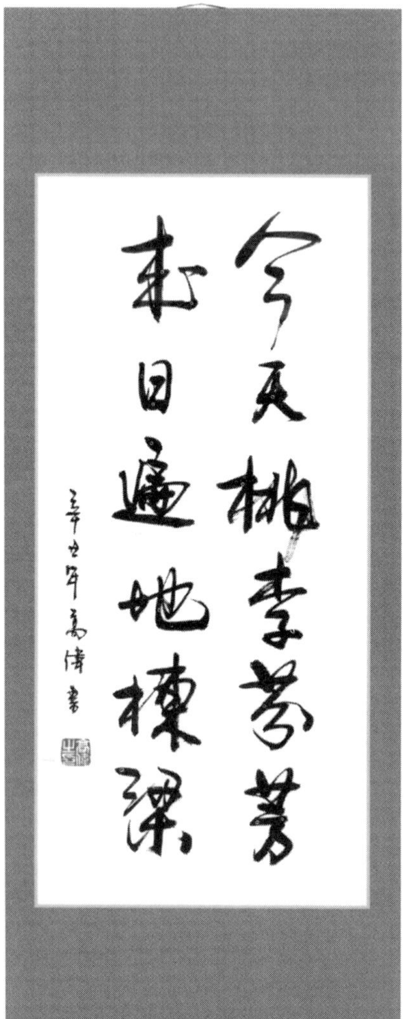
今天桃李芬芳
来日遍地栋梁

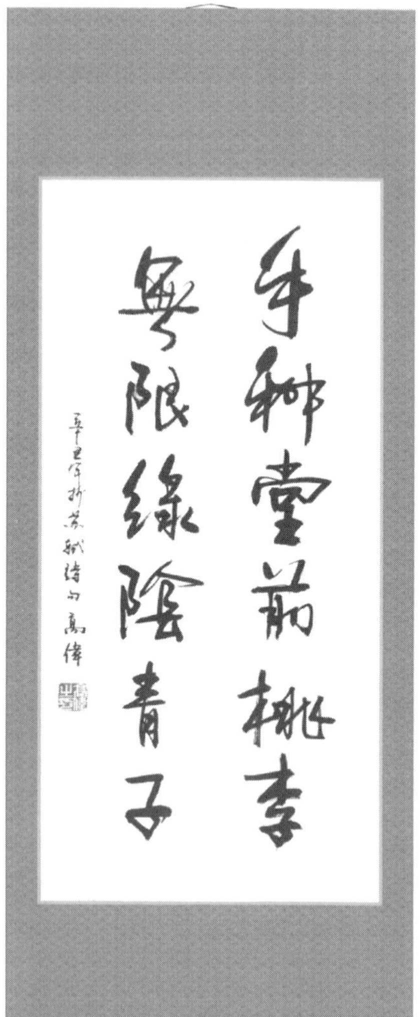
手种堂前桃李
无限绿阴青子

謙虛好學
辛丑年
高偉書

辛丑年
高偉書

勤學
善踐

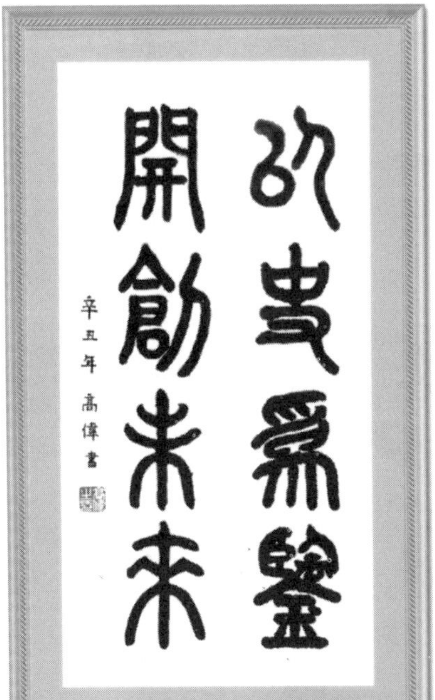
以史爲鑒
開創未來

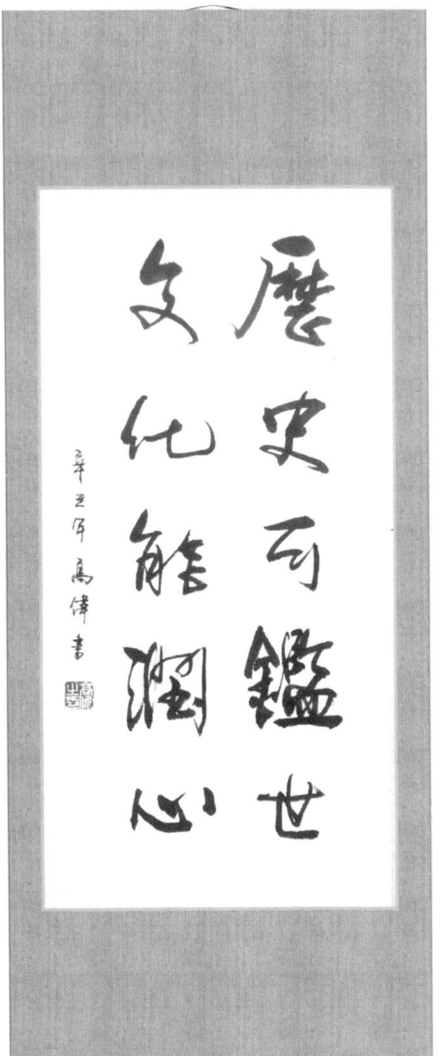
歷史可鑑世
文化能潤心

身鴻任鉅
辛丑正月
高偉書

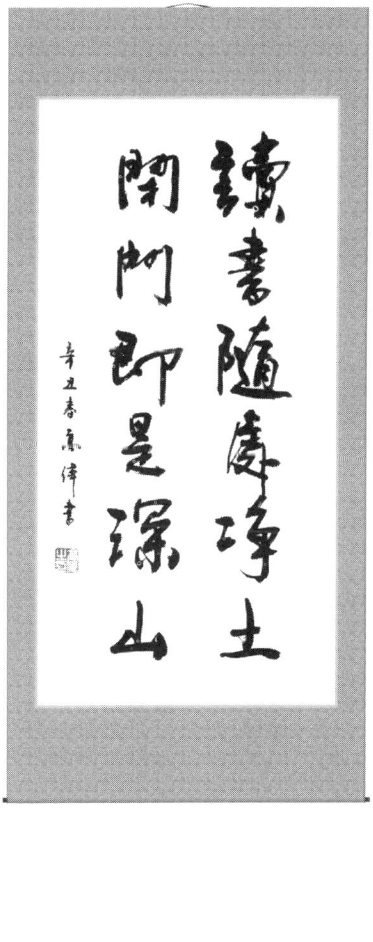
讀書隨處淨土
閉門即是深山
辛丑春 高偉書

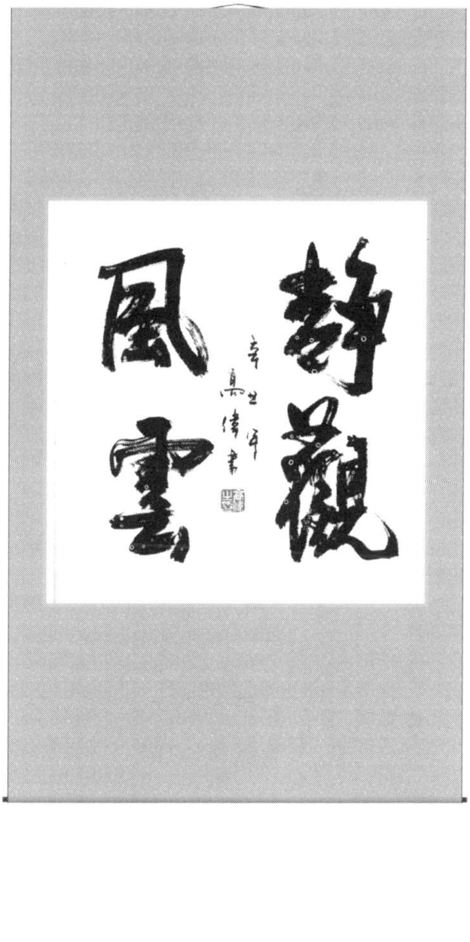
靜觀風雲

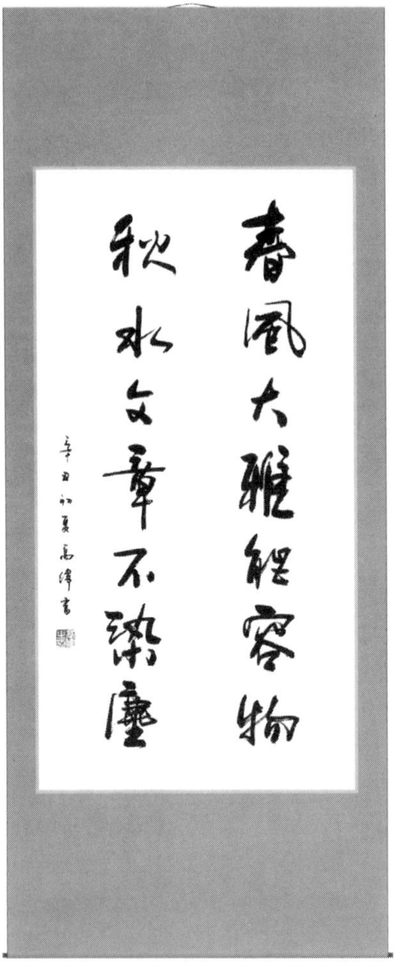
春風大雅能容物
秋水文章不染塵
辛丑初夏 高偉書

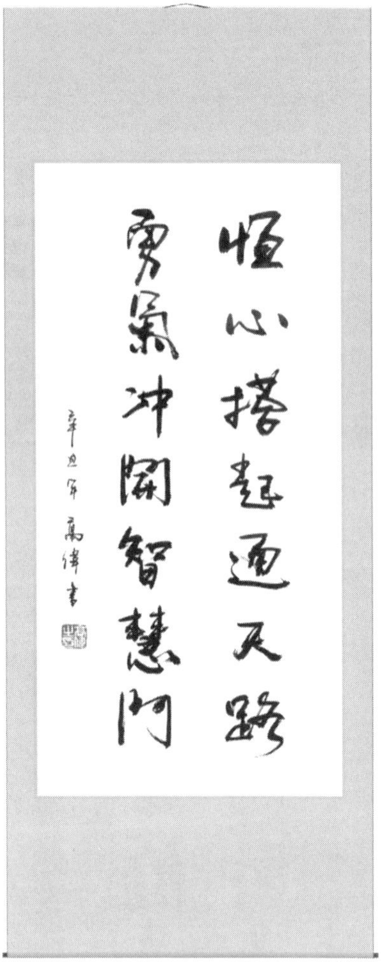
恒心搭起通天路
勇氣沖開智慧門
辛丑年 高偉書

辛丑年
高偉書

閒雲
野鶴
辛丑年
高偉書

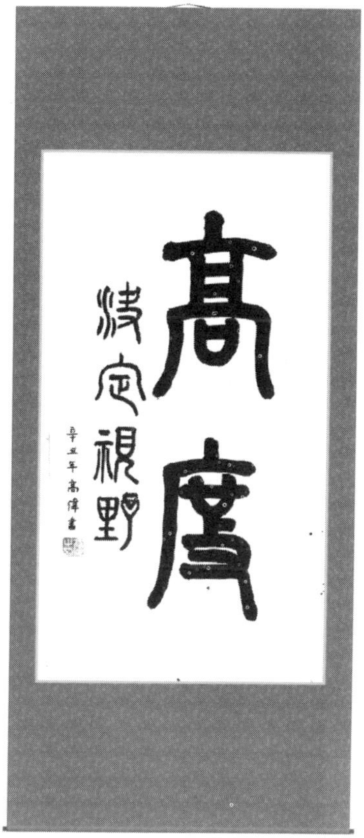

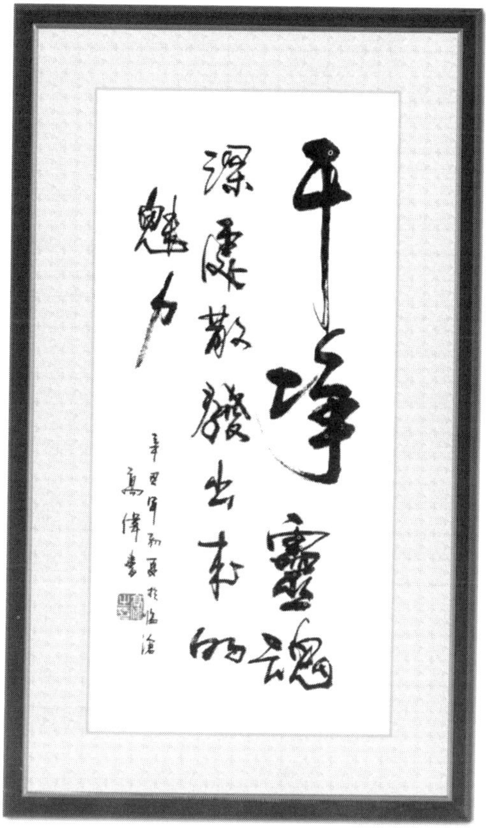

坐听
海啸

卧观
云起

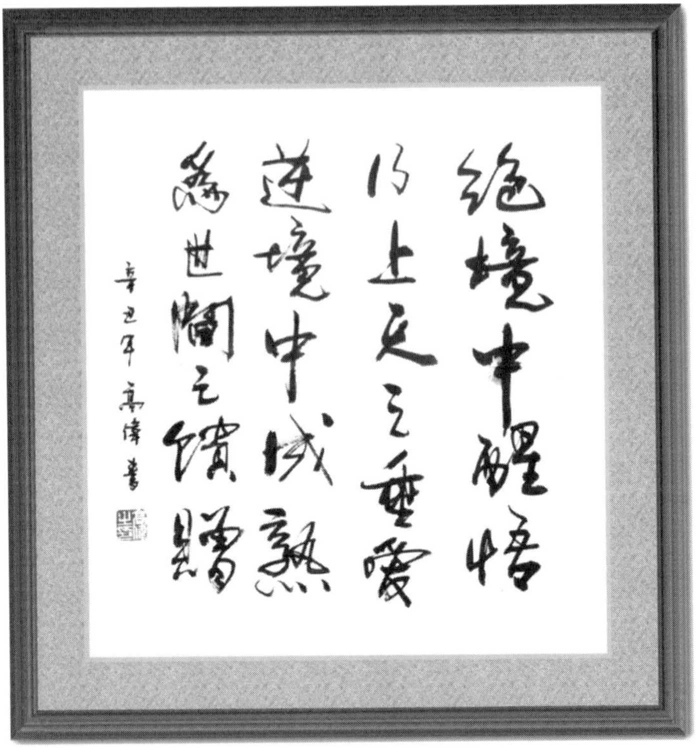
绝境中醒悟
乃止足之垂爱
逆境中成熟
为世间之馈赠
辛丑年 高伟书

静观
辛丑仲春 高伟书

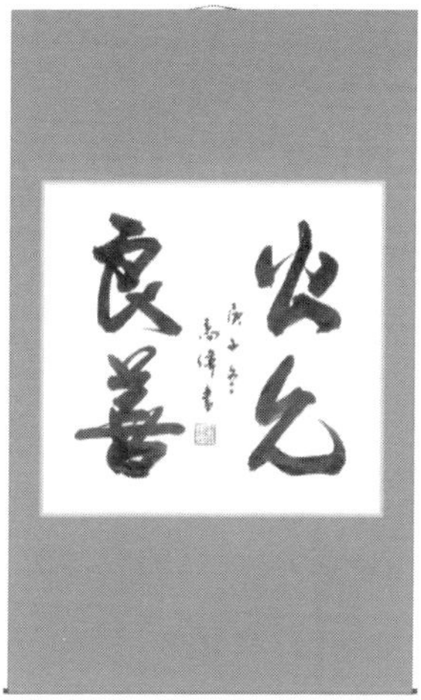

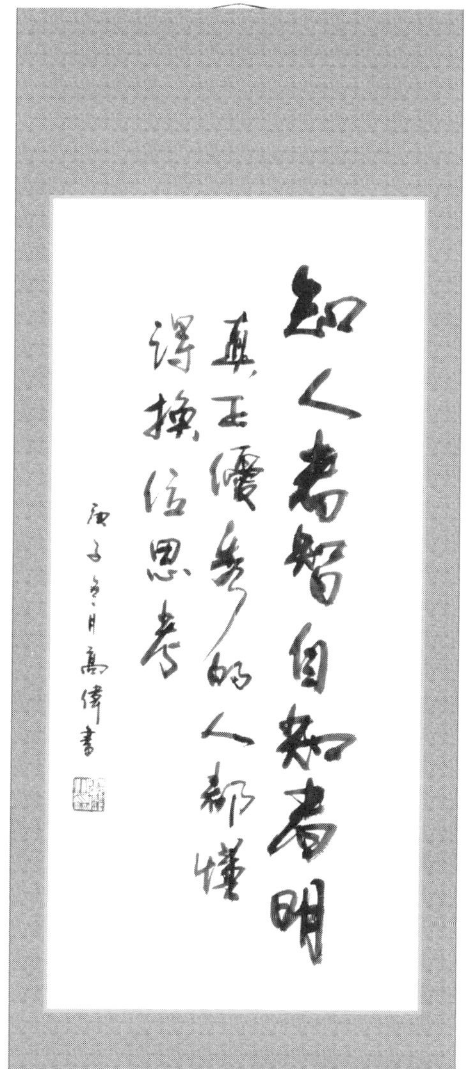
知人者智自知者明
真正优秀的人都懂得换位思考
庚子年二月 高伟书

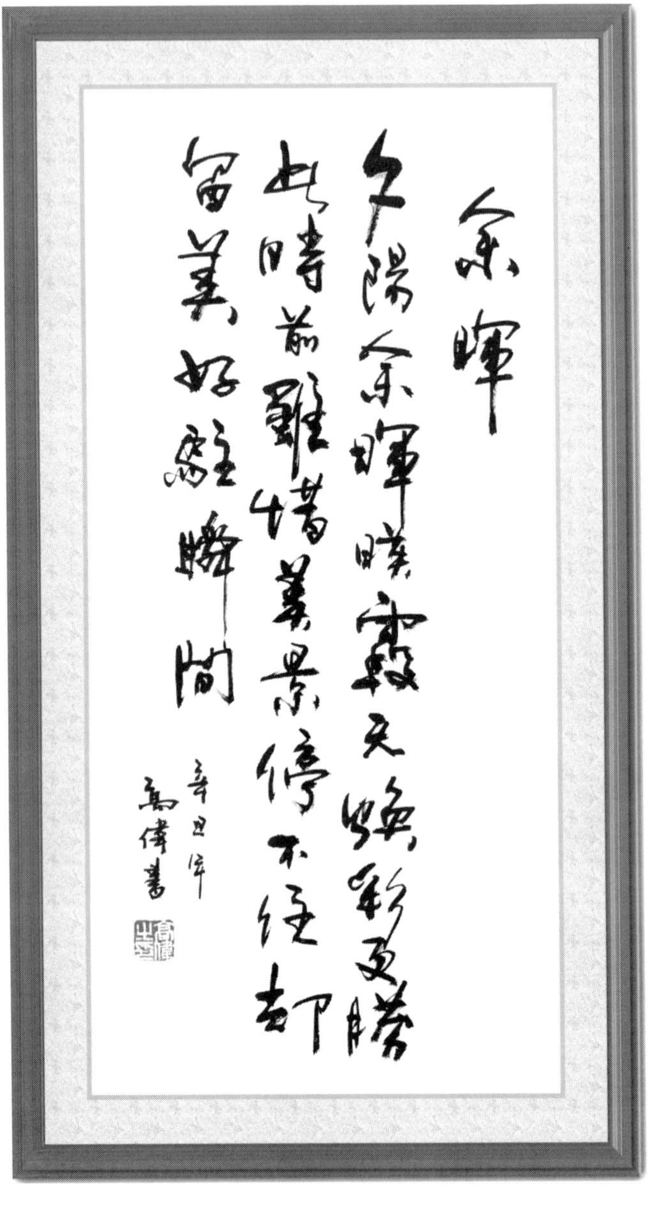
余暉
夕陽余暉映霞天煥彩更勝
此時前雖暮景停不住却
留美好瞬間
辛丑年
高偉書

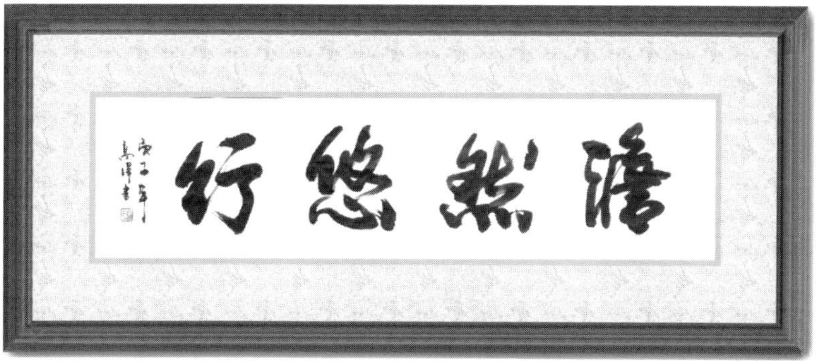
澹然悠行

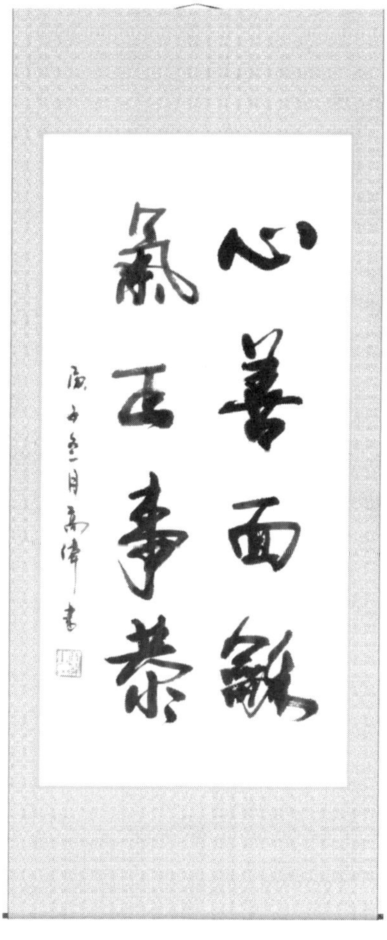
心善面慈
氣正事恭

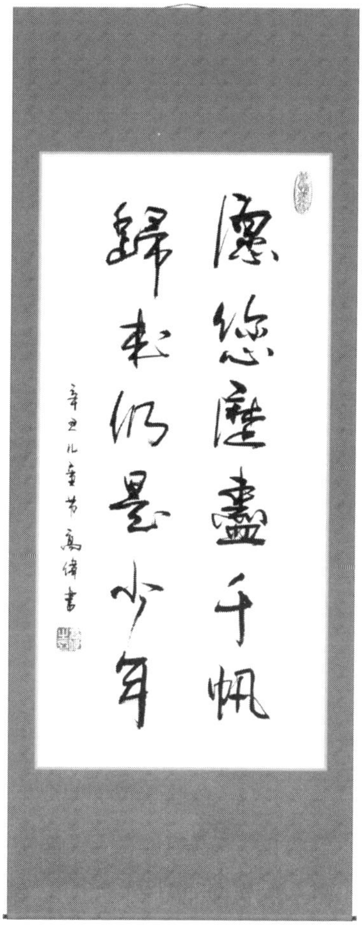
願你歷盡千帆
歸來仍是少年

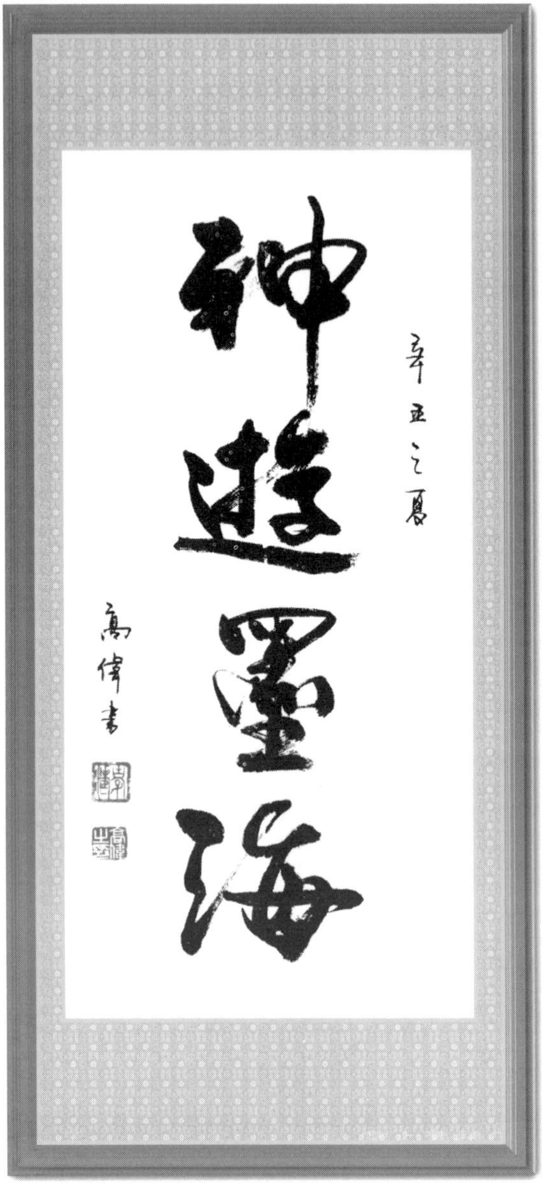
神遊墨海
辛丑之夏
高偉書

友评

YOUPING

分享《拙笔闲游》有感

收到高教授发过来的《拙笔闲游》书稿，浏览了部分散文和诗歌，诗歌可能有100首吧，多篇散文，其内容丰富多彩，有迤逦蜿蜒的山川溪谷，有宽广美丽的平原沃野，还有置身繁华喧闹的城镇市井，更有三尺讲台倾师情，如烟往事，娓娓说去……

高教授教书育人几十年，桃李芬芳，其学养深厚，气韵独特，不仅在教学、科研、著书立说等方面取得了优异的成果，获得了诸多国家和省部级奖励，在立德修身、教书育人方面也极为出色，曾被评为湖北省"师德先进个人"、华中科技大学"教学名师"，获华中科技大学"三育人"奖。同时，高教授也十分注重自身的思想和文化素质修养，从他在我们"西部故人来"公众文学平台先后推出的许多具有思想内涵、语言畅快的诗歌中就可以看出这一点。

言为心声，文如其人。高教授锐气藏于胸，和气浮于面，尽管是距离七十岁不远的人了，在人生旅途上却仍像年轻人一样行走矫健。他不时在捕捉当下瞬间之感触领悟，如2011年8月写的一首贺毕业生读博再深造之诗《续飞》：

多年寒窗初渡毕，续进殿堂再登极。
不厌学海苦涩腻，志求腾飞能与力。

以及《能与力》《善学》《以正为人》《童真无价》《踏青》等多篇诗歌，皆是他源于现实的本真感悟。阅读高老师的诗，会让人产生人生如诗、诗如人生的感受。我个人认为，高教授的诗朴素、简洁，有真情、真性，反映了诗人对世俗生活的热爱。我特别喜欢高教授2003年12月写的《寄语学生》这首诗：

对未知猎奇，对学机珍惜。
对进取谋思，对自我塑立。
对真理领悟，对新途力辟。
对当前负责，对未来启激。

学高为师，德高为范。高教授可谓是一位为师有品格，学道有专攻，教学有良法，著说有力作的合格高校教师。从他的业绩中所折射出的科学思想和独特见解，源自他为中国教育事业、科技进步、人才培养而作出的创造性的贡献。他诠释了在人的一生中，最宝贵最有生命力的东西，是与时俱进、执着追求、不断创新、勇攀高峰的精神。

在疫情期间，高教授写了不少动人的诗歌，分别在我们“西部故人来”等多个文学平台上推出，用自己的正能量讴歌英雄豪杰，为抗疫工作加油鼓劲。其中一首《何惧》：

大水欲冲龙王庙，魑魅魍魉趁机闹。

举国齐御群害侵，守得江山看我傲。

写出了抗疫的严峻形势，也写出了我们的决心和心声，更写出了我们战胜疫情的气势和无往而不胜的精神！

人，无论什么人，身体再健康，总是要衰老的；工作再辉煌，总是要退休的。人过半百万事休，高教授照理早该休息了，可他没有，他还在追求，他退休后去了云南滇西科技师范学院支教，似乎工作更忙，但精神更佳，感悟支教工作和云南大美之景的好诗时有涌出。有美的心灵、美的眼光，才会写出美的诗篇。高教授是一个会欣赏美的人，我们常常在微信中看到高教授拍摄的云南风景照片，真的是很美，看了就有想去那儿旅游的冲动。那远黛的山，玉带的桥，山腰的梯田，那一枚新绽的叶，一朵带露的花……它们如同活泼的生命，争相涌进高老师的镜头里。这些让我们感到他在云南边陲按下快门的一瞬间，读懂了生命的奇迹和辉煌。辛勤耕耘的他让人敬佩不已。

高教授在我们聊天的时候曾说过一段话：“身处纷繁异变的时代，我们仰望星空，更要脚踏大地，调整好直面土地的‘准心’，从火热的社会现实生活中去感应脉动，抓住这个时代的坚守、探索、嬗变与奋斗。”

语言精练、动静结合是高教授的诗歌的另一个特点。他写景物有丰富的物象，如《余晖》一诗中写道：

夕阳余晖映霞天，焕彩更胜此时前。

虽惜美景停不住，却留美好驻瞬间。

当下时代，很多有写作功底的人都发表了作品、出了书、成了“作家”，这是文学大众化的一面，本无可厚非，但也毋庸讳言，很多人是在为写作而写作，为出名而写作，但高伟老师的《拙笔闲游》是通过写作记录生活。特别难能可贵的是高教授没有遮掩、没有避讳、没有粉饰，甚至有些不顾“隐私”，他通过现场的真实存在来铺陈文体结构，从而引导思想情感的流动、穿越和抵达，而不是靠堆砌华丽的语言辞藻来吸引读者。正如中国工程院院士张勇传先生所言：“高伟老师是一位优秀的理工科教授、博士生导师，我们常有来往和交流，可谓忘年之交。他是一位开朗活跃、乐观豁达、为人正直、处事谦逊、热爱工作和生活的学者，他将科学精神和人文情怀融合起来，不仅在工作上有着骄人的业绩，而且在诗词和书法方面也显现出深邃且别具一格的造诣。”

高老师将与众不同的智慧、胆量和气魄，全身心地投入到建设伟大祖国和构建社会主义和谐社会之中，使生活富有诗意，让生命大放光彩。在动与静的世界里，在柔和明媚的阳光下，他将生活中零散琐细的事件，汇集成一首首诗、一条文字的河流，绘出高潮跌宕又平缓宁静的独特画卷，实现了出人才、出成果、出诗篇的多丰收。这是他的一种生活方式，且“我用我手写我心，我用我心写我文”，所表达的都是真情实感。

“六十七岁事不休，追求人生永是春”，高伟教授正可谓一位“开启智慧大门、铸造美的心灵”的好教授。

万晓玲

万晓玲：笔名米青青，四川省嫘祖文化促进会副会长，四川省杂文学会副秘书长兼文友部部长、公众号“西部故人来”主编。

博导的家国情怀

——读《拙笔闲游》有感

当我走进《拙笔闲游》，仿佛走进了爱的世界，在那跳动的文字里，我的内心受到了强烈的震撼，感受到一位德高望重的老教授的博大胸怀，脑海中闪现出人们常用的一个词，那就是"家国情怀"！

情怀不是与生俱来的，而是在长期的生活体悟中慢慢形成的。作者正是带着一颗感恩的心，将真情回馈于社会，寄情于亲人、友人、学子，才创作出了这部作品。在这部作品里，有激励、有格言、有忠孝、有仁爱、有寄托、有感悟、有厚望。无论是作为博导对弟子的教诲，抑或是作为父亲对儿子的关切，都体现了一位长辈对后辈的殷切盼望及期待，字里行间都是语重心长，正如他在开场白中说道："培养学生和子女，总会谈及能力问题，人的一生，需要众多能力予以支撑，能力的强弱，是决定我们的人生发展优劣的重要因素。能力非与生俱来，需要在长期的实践中培养与练就，更需要有增强能力的主动意识和目标。"他以《能与力》为题，总结了人一生中可能所需要的生活、生存、自理、适应、承受、思考、工作等36种能力，涵盖面广泛，足见作者是一位具有丰富阅历的教育工作者，不仅仅是知识的传授者，更是一位善于研究、善于实践、善于反思的专家型大师。他还以诗意的语言告诫学生："对未知猎奇，对学机珍惜。对进取谋思，对自我塑立。对真理领悟，对新途力辟。对当前负责，对未来启激。"

我们的青年是一种正在不断成长、不断进取的力量，他们的使命正是我们国家的未来。作者清楚地知道这一点，因此在他所带的毕业生即将读博深造时，他分别以《续飞》《诫训》为题，写下了勉励弟子的诗篇："多年寒窗初渡毕，续进殿堂再登极。不厌学海苦涩腻，志求腾飞能与力。”“志不强者智不达，思不强者慧不深。言不信者行不果，道不恭者事不成。”读到这里，让我想起了唐代诗人孟郊的一句至理名言：“击石乃有火，不击元无烟。”身为博导的作者正是以这样的击火方式，激励学生的斗志，鞭策弟子们树立正确的人生观、价值观。苏联作家高尔基曾说：“走正直诚实的生活道路，必定会有一个问心无愧的归宿。”人无精神则不立，国无精神则不强。古人在“修身、齐家、治国、平天下”中都把“修身”摆在了首位。当代大学生肩负着实现中华民族伟大复兴的历史使命，更应该增强做中国人的志气、骨气、底气，不负时代，不负韶华。

当前国际形势风云变幻，国家之间综合国力的竞争主要体现为科技竞争、文化竞争，而科技竞争、文化竞争归根结底就是人才的竞争。当代大学生应树立起正确的人生观，从根本上把握住人生的目标和意义，将所学知识服务于社会，真正地体现自己的价值。在这一点上，作者有他独特的见解。他在《人生价值》这首格言里，明确地告诉弟子们：“人生之价值并非全在于奉献，因为奉献的东西并不一定全有价值。人生之价值在于你可被利用，只有被利用方能体现其价值。一旦你未被利用，你将失去其价值。被正道所利用将体现出正能量价值，被歪道而利用体现的是负能量价值。选道有异，价值天壤之别。想做一个有价值的人，必须——奠定可被利用的基础，创造可被利用的条件，抓住可被利用的机遇，赋予可被利用的潜能。”通过这段文字的表述，不难看出作者的良苦用心。因为一个人对他人和社会来说，一方面是需要的主体，有其自身的需要，他的存在和发展需要从他人和社会那里得到物质和精神的满足，这就是通常所说的向社会索取。社会对人的需要与满足，使人得以存在和发展。另一方面，一个人又能以其自身的存在和活动，来满足他人和社会的需要，成为他人和社会需要的客体，这就是一个人的社会价值，也就是我们所说的对社会的奉献。作为当代大学生，理当在构建和谐社会的形势下，实现社会价值和个人价值的统一，将好钢用在刀刃上。

在这本文集里，不仅有高教授对莘莘学子的谆谆教诲，也有他对自己的孩子的无限关切与厚爱。在《寄语成家之子》里，他以一种近乎于“三字经”的方式告诉自己的孩子：

重事业　求上进　寻真谛

爱生活　学生存　勤努力

尊长辈　敬对方　懂礼仪

守原则　服道理　存谐意

识大体　见长处　勿猜忌

避任性　求大同　化小异

持大度　解盾戟　少动气

勤沟通　互关爱　造生机

由此可见，作为一个父亲，作者没有忘记“业精于勤荒于嬉”的古训，教育自己的孩子要以善良、乐观的态度对待生活，以认真、诚信的方式对待事业，以谦让、博大的胸怀对待他人，以和谐、关爱的心境对待爱人。

作者是一位博学多识的硕士生、博士生导师，也是一位享誉校内外的名师，在能源动力工程学科及热工自动化与控制学科等专业领域颇有建树，是同行业的领军人物，拥有全省乃至全国的多个领域里的多种头衔。在功成名就退休后，又积极响应教育部支边援教的“银龄计划”，自愿去云南支教。虽然他是一名工科导师，但他对文学有着浓厚的兴趣，爱好书法，并在业余时间里笔耕不辍，在各大微刊、报刊及媒体发表了许多影响力极强的诗篇。同时我也从这些文字里看到，他不仅是一位文人学者，也是一位敬老尊贤的孝子、具有浪漫气息的好丈夫，更是一位大爱无疆的老教授。所有这些都让我看到了作者本人所具备的那种亘古不变的家国情怀。这种情怀是对自己国家和人民所表现出来的大爱，是对国家富强、人民幸福所展现出来的理想追求，更是对自己国家的一种认同感、归属感、使命感。与其说这是“拙笔闲游”，倒不如说是一次负有历史使命的传承之旅。

龚国珍

龚国珍：笔名兰花草，华中科技大学诗友会会长，湖北省高校老年人协会通讯员，瑜珈诗社办公室副主任。

愿我们共享宽阔丰裕的精神世界

高伟老师是我们“不惟读书”公众平台的一位忠实读者和作者，在“不惟读书”公众平台上经常可见高老师发表的优秀作品，我们在文学与写作上常有交流。但当德高望重的高老师将《拙笔闲游》书稿交于我审阅，并邀请我给他的书稿提些意见、建议和做点评述时，我深感荣幸的同时心里也十分忐忑。高老师是华中科技大学教授、博士生导师，学问丰富，知识渊博，能诗善写，而我则是寻常普通的一名文学与写作爱好者，实在担心难以胜任。

忐忑归忐忑，但这份信任与委托必须认真对待。我花了几天时间细细阅读和欣赏了高老师发给我的书稿。

《拙笔闲游》的内容丰富多彩：有给父母长辈的祝福，如《恭贺吾父七十五寿辰》；有给后辈和学生的励志文，如《严有何罪》《寄语学生》；有畅言时事的恳切之言，如《这些姑娘伢》《庚子抗疫》；有闲抒胸臆的情景文，《春钓》《秧田美》等；有抒发老骥豪情的壮志篇，如《西南行》《游张家界》；有柔肠百转的情感言，如《傲雪之梅》《惜君》……这样的丰富而有情怀的作品，总能让读者找到一款自己最喜欢的，与作者产生惺惺相惜之感。

书中作品形式多样，不拘一格，包括散文诗，古体诗、词等。

作者行文有一个很大的特点，绝不用生僻字、难字，而是善用朴素文字呈现诗意心怀，因此简单易懂，老少皆宜。如一首《秧田美》：

梯田层层布山坡，水光滢滢满山窝。

插秧妹妹下山来，田间阵阵起山歌。

全篇虽采用简单、直白、通俗的文字语言，但轻轻读过，脑海中便闪现出大山里漫坡的梯田，田中一汪汪清凌凌的水，静静地让人沉醉其间；而插秧妹妹的出现和清亮的歌声则让这静止的画面瞬间变得灵动起来。人物景色交相映衬，动静相宜，美妙至极！

高老师的作品的另一个特点是叠字的巧妙应用，让文字鲜活可爱。如《夏暮一景》：

水清清，荷青青，岸边绿草树成荫，凉亭缀湖心。

鸟盈盈，鱼欣欣，蜓飞蝶舞蝉颂吟，灵物奏协音。

空净净，风轻轻，日暮晚霞气清新，悠然入心静。

情亲亲，语馨馨，伴侣挽臂步幽径，谈笑在仙境。

描绘出了水碧荷青，鱼鸟欣然，蝶舞蜓飞，风微拂面，在清新净洁的空气中与伴侣携手幽步，一幅人间胜仙境的景象。叠字的运用使该诗显得活泼天然，如此婉约，如此轻灵，读起来如同微风吹动挂在窗边的水晶风铃，声音清脆悦耳，甚是美好。

文字是心灵的窗户，志洁则称物芳，高老师的文字处处体现出他自律的品格和高尚的德行，让我辈高山仰止。如《自勉》一文：

志高　思远　德正　理恒

心静　胸豁　脑勤　神注

道善　行智　事躬　履精

气平　态和　步实　手犀

友诚　诺兑　异忍　礼宽

长孝　弱扶　情真　常悟

写出了高老师的境界、胸怀和行旨。

我与高老师相识于“西部故人来”公众平台，虽未谋面，但神交已久。通过微信交流，透过高老师的文字，我看到一位豁达开朗、德艺双馨、精神矍铄的循循长者，“劳心谆谆，视人如子，举善而教，口无恶言”。

愿我的这些朴拙的文字能够让更多的读者进一步了解高老师，走进《拙笔闲游》，共享高老宽阔丰裕的精神世界。

唐明霞

2021 年 7 月于成都

唐明霞：笔名唐小瑭，退役军官，“不惟读书”公众平台主编。

谦谦君子　温润如玉

收到高伟教授《拙笔闲游》书稿时，我特别兴奋，特别激动，他嘱托我给书稿提提意见和予以评述，我既受宠若惊，又惴惴不安，感谢他的信任，敬佩他的谦逊！这倒是给了我对高先生作品先睹为快的机会，也是自己系统学习、再度提升的过程。

我国传统儒家文化把“立德、立功、立言”视作文化人的“三不朽”，我们现代人也可以将其理解为人生成功的“三部曲”。作为华中科技大学的二级教授，硕士生和博士生导师的高伟先生，从教生涯达四十余年，桃李遍天下，且著作等身、获奖无数，在做人、做事、做学问等诸多方面都给我们晚辈后学树立了光辉的典范。在此，谨向亦师亦友的高伟先生致以崇高的敬意！

我与高伟先生相识于以文会友之契机，这要感谢“西部故人来”公众平台主编万晓玲女士的大力荐举与积极促成。交往之中我感觉高伟先生不仅是一位热情开朗、乐观豁达、为人正直、处事谦逊的理工科教授，也是一位热爱工作、生活充满激情、诗文功底深厚、兼具人文情怀的书法和诗词爱好者。他不仅在本职工作上有着突出的业绩，而且在书法和诗词方面也造诣颇深。两年来，高伟先生在我们“阆苑明月清风”公众平台上共推出10多期约60首诗文，深受读者的喜欢和好评。“好风凭借力，送我上青云”，高伟先生的作品大大提升了我们公众平台诗文的品位，拓展了我们公众媒体的影响力。他那饱蘸激情、朴实无华、生动传神的诗句，激荡起一朵朵境界高远、胸襟宽阔、情感丰盈、哲理透彻的思想浪花。

这几天我认认真真、仔仔细细、从头到尾一字不落地拜读了《拙笔闲游》书稿的原文，顿觉豁然开朗。《拙笔闲游》既非拙笔也非闲游，而体现的是作者谦逊儒雅、抱朴守拙的人生大智慧。细细品读高先生的作品，其形象也逐渐立体丰满、清晰明了起来！

我观先生其人可谓谦谦君子，温润如玉。他神采雍容自若，风度豁达潇洒，不露锋芒，不事张扬，无大悲大喜，无偏执激狂；“宠辱不惊，闲看庭前花开花落；去留无意，漫随天外云卷云舒”，生命的状态在他身上呈现出一种成熟的圆润，正可谓“君子如玉”。先生的诗文的确达到了这样的境界。

在2020年春抗击新冠病毒期间高先生的许多诗作，从不同侧面反映了作者身处武汉面对抗疫的积极、科学和乐观的态度，以及讴歌英雄壮举、感恩奉献的正义感。其中一首饱含大爱的告诫诗文《莫轻心》：

攻坚防御持久战，精心戒备避就范。

切莫轻心图侥幸，不循科学毁一旦。

至今仍具有现实意义！

高先生的诗句“百花绽放自然鲜，自然因她格外艳。人归自然心归净，自然赐人尽美篇。”巧妙地运用“自然”一词，吟唱出感恩和幸福、美好与奉献的哲理。生活需要一颗感恩的心来创造，一颗感恩的心需要生活来滋养。有人说，生活只是一杯水，要靠自己慢慢去品味，细细去咀嚼，用心去欣赏，你才能发现最幸福的生活，就是在那如水的平淡中感悟生活的美好。也有人说，生活中不是缺少美，而是缺少发现美的眼睛。高先生就是一位用发现美的眼睛、用有趣的灵魂、用心底的语言歌颂美好生活的人！又如他退休之后从武汉赴云南临沧支教时，一首《临沧秋雨后》：

潇潇细雨阵阵过，青青山峦巍巍坐。

薄薄云雾翩翩舞，浓浓仙意悠悠歌。

写出了他所观的大美之景，所遇的难免之困，所怀的美乐之心，所持的悠然之态。正所谓老骥伏枥绽芳华，银龄之树再发芽，临沧支教赋新篇，智力奉滇甘心榻！

玉的光芒，凛于内而非形于外。高先生在与文友的交往中也表现出他为人为事的君子之风。高先生平时很忙，难得与文友频繁互动，在文友群里偶尔现身时，如磁铁一般会立即引来众多文友的关注、喝彩与点赞。赠给文友万晓玲主编的藏头诗《谦逊之君》：

万山叠峦行蜀道，
晓霞绽彩文坛耀。
玲珑秀章溢才旺，
君存谦逊气度高。

具有浑然天成、简洁凝练、活灵活现、妙趣横生之特色。赞扬文远芳教授舞剑的藏头诗《茵地剑舞》：

文静学者七旬迈，
远胜青少精气在。
芳草地上英姿舞，
绝妙剑术引花开。

将七旬老人精神抖擞、老有所乐的风范展露无遗。

此文正值收笔之时，我又看到高先生今早在朋友圈为自己的摄影所赋的《池边晨景》之诗：

树拥花簇拱彩窗，
窗外池清映晨光。
鹅戏碧水波舞云，
一池秀色待朝阳。

一位工科教授，虽年过花甲，仍不辞前行，依然在不断提升自己的综合素养，继续追求着精神的丰盈和充实。高先生真是一位可亲可爱、有着闪光灵魂的智者。

《拙笔闲游》值得你拥有。

伏志明
2021年7月6日
于四川泸州

伏志明：笔名明月松，“阆苑明月清风”公众平台主编。

后记

HOUJI

《拙笔闲游》是笔者多年来(特别是退休以来)所留下的一些零碎笔墨的汇集,旨在记载过往的所见、所闻、所思和所言。其实,汇集旧作的想法是在许多同事和朋友的持续勉励和积极推动下逐渐形成的,最开始我并没有在意此事,后来由于写的数量增多了,汇集也就显得有必要和有条件了。如今,在武汉华科能源环境科技有限公司张传虎董事长的大力推动和全力资助下,在华中科技大学刘勤老师的热情关心和切实帮助下,这本《拙笔闲游》得以正式出版。

《拙笔闲游》没有特意按内容来分类编排,而是顺其自然,遵循时间流程来排列,其主要原因一是刻意留下事件和思想的过程痕迹,二是减少分类带来的难度和工作量。若读来不便,敬请包涵。

《拙笔闲游》的问世,得到众多师长、前辈、同事、同学、亲朋、好友、弟子们的关心和支持,在过往的岁月里,是他们的鼓励与鞭策、交流与赐教、帮助与扶持才使我得以坚持与进步。

特别是中国工程院院士、水电领域资深专家、华中科技大学老教授、瑜珈诗社执行社长张勇传老先生,平时在做人、做事、写诗上对我的教诲与引导颇多,令我受益匪浅。此次《拙笔闲游》出版,张勇传院士还亲自审阅和执笔写序,我深感荣幸,万分感激!

我大学期间的恩师刘勤老师和我曾经的研究生弟子张传虎董事长是《拙笔闲游》出版的积极推动者，为此书的出版他们做了很多台前幕后的工作，无私付出了许多精力和代价。刘勤老师还满怀深情地为此书写了一篇《作者印象》，在此深表感谢！

《拙笔闲游》的出版，绝非一蹴而就的一人所为之成果！它凝聚着众多文学爱好者和工作者的心血，以及他们长期友善地予以的支持和帮助。

在我的写作过程中，不时得到“长江日报大武汉客户端”“今日头条”“爱上经典文学艺术”“湖北省朗诵艺术家协会”“三汇文学”“流岚雅苑”“西部故人来”“不惟读书”“阆苑明月清风”“芸芸喃语”“耘恺太极”等公众平台的认可与支持，平台的专家、编辑们的每一次选稿、修改、发表以及意见反馈，皆是对我作品品质的一次提升，皆是我的一次学习与积累良机，也是我坚持与进步的动力，走到今天这些专家、编辑功不可没。特别是四川省嫘祖文化促进会副会长、“西部故人来”公众平台主编万晓玲女士，“不惟读书”公众平台主编唐明霞女士，“阆苑明月清风”公众平台主编伏志明先生，在我的作品发表和交流过程中，给予了我许多的启发和帮助，提供了诸多的便利。我从他们那里学到了不少文学知识，也与他们结下了深厚的文友之情。此次在《拙笔闲游》出版前，我请他们帮忙把把关，对书稿提提意见，他们毫不推辞在百忙中为我审阅书稿，并及时反馈了书评意见。在为他们雷厉风行的工作作风、深厚的文学素养、真诚的待人之道点赞的同时，向他们表示诚挚的谢意！

华中科技大学诗友会会长龚国珍老师，是我敬重的颇有声望的一位诗者，我的《拙笔闲游》书稿自然要请她过目和指点。她不仅欣然接受我的恳请，还在案头工作十分繁重的情况下，用大量的笔墨认真为我撰写了书评，让我很感动，更是打心底感激！

在武汉抗疫最艰难的时刻，我写的颂扬抗疫英雄的几首诗歌及时得到了湖北省朗诵艺术家协会闫红君女士的主动朗诵和传播，她那富有情感和动人的朗诵，不仅大大增添了作品的力度和色彩，而且深深地打动了无数听众，扩大了作品的影响力。衷心感谢她的付出！

每当一个作品初就时，我多会与妻子翟钰分享，不时从她那里得到一些建设性的意见和独特的见解，这对完善我的作品有着很大的助益，感谢她长期以来对我工作的理解和支持！

尽管为我撰写书评的老师们和公众平台上曾经的读者们给予我的作品以很多肯定和赞许，这是对我的有力的鼓励，但我深知本人的文学功底还十分浅薄，尚需在大家的鞭策和指导下继续学习和不断提高。学习是我的终身任务!

由于本人的水平和写作时间有限,本书难免存在某些错误和问题,若有不妥之处,恳请读者批评与指正,本人不胜感激。

高　伟
2021年7月23日
于云南临沧

作 者 简 介

高伟，男，汉族，1954 年 10 月出生，中共党员；华中科技大学二级教授，硕士生和博士生导师；华中科技大学教学名师；热工自动化方向学术带头人，“工程控制基础”课程主讲教授，“热工自动化”课程责任教授。于 2019 年 10 月退休，2020 年 10 月作为教育部支边援教“银龄计划”专家，受聘于滇西科技师范学院。

曾任华中科技大学能源与动力工程学院副院长，先后担任过中国电力教育协会能源动力工程学科教学委员会常务委员及热工自动化与控制学科分委员会副主任，中国机械工业教育协会机电类学科教学委员会委员，中国电机工程学会热工自动化专业委员会委员，中国动力工程学会自动控制专业委员会委员、顾问，中国能源研究会智能发电专业委员会委员，中国机械工程学会高级会员，国家科学技术奖励评审专家，中国电机工程学会科技评价专家，湖北省电机工程学会热工自动化专业委员会副主任，湖北省土木建筑学会理事及热能动力专业委员会副主任委员，湖北省老教授协会理事，湖北省优秀学士论文评审专家，华中科技大学机械大类教学指导委员会、课程建设与管理委员会、实验室工作委员会委员，华中科技大学老年人协会、老教授协会副会长。

任教期间，曾为本科生和研究生开设 10 余门必修课和选修课，培养本科特优生、硕士和博士研究生近百名。主编和正式出版有《计算机控制系统》《能源概论》《节能与控制》《动力工程计算机控制》等教材以及讲义 6 本；主持或参与完成了省级教学改革项目4项和校级教学改革项目6项；主持或参与完成了国家“八五”重点科技攻关项目、国家“九五”攀登计划项目、国家重点基础研究发展计划(973计划)项目、国家高技术研究发展计划(863计划)项目、国家科技支撑计划项目、国家自然科学基金项目、国家能源局大型核电专项、广东省重大科技专项、国家国际科技合作专项以及几十项企业横向合作的科学研究项目。发表有关教学和科研的学术论文170余篇。获得国家发明专利6项、实用新型专利5项、计算机软件著作权2项。

曾被评为湖北省“师德先进个人”，获得湖北省高等学校教学成果三等奖、亚太地区华文教学成果金奖、华中科技大学“教学名师”奖、华中科技大学“三育人”奖、华中科技大学教学质量优秀奖一等奖、优秀教学成果特等奖和一等奖、优秀实验技术成果一等奖、优秀教材一等奖、优秀研究生指导教师奖、优秀毕业设计论文指导教师奖、教育部高教司第三届全国大学生节能减排大赛优秀指导教师奖、麦克维尔奖教金等教学奖励。在科研方面，曾获得国家科技进步奖二等奖，机械工业部科技进步集体一等奖，湖北省科技进步奖一等奖(2次)、二等奖，教育部科技进步奖二等奖，湖南省电力有限公司科技进步奖三等奖(2次)，湖北省自然科学优秀学术论文奖二等奖(2次)和三等奖(2次)等科研成果奖励；部分科研成果被录入《中国实用科技成果大辞典》和《世界优秀专利技术精选》。